Le Cheval Soleil

Du même auteur

Aux Éditions Denoël

La Place du cœur, 2000.

Aux Éditions Flammarion

Le Voleur de vie, 1998.

Steinunn
Sigurdardóttir

Le Cheval Soleil

Roman *traduit de l'islandais*
par Catherine Eyjólfsson

Éditions Héloïse d'Ormesson

Ouvrage traduit avec le concours
du Centre national du livre

Titre original :
Sólskinshestur

Éditeur original :
Edda Publishing, Reykjavík 2005
www.edda.is

www.editions-heloisedormesson.com

ISBN 978-2-35087-080-9

Ce livre est dédié à Thorsteinn Hauksson,
avec toute ma gratitude pour son aide.

CE FUT MA NAISSANCE qui entraîna la dissolution de l'orchestre de mandolines de Reykjavík. Ragnhildur, à l'âge avancé qu'elle avait, ne pouvait bien entendu pas toujours jouer au moment voulu, avec un bébé sur les bras. Elle était la vie et l'âme du groupe – et il en fut donc ainsi, malgré l'arrivée de Magda et le fait que je n'ai pas été nourrie au sein.

Les compagnons musiciens ne purent toutefois se résoudre à cesser totalement de jouer ensemble et continuèrent de se réunir, chez nous, dans le salon vert. C'était tout de même plus agréable d'entendre, venant d'en haut, le bel air slave *Il est des graines* plutôt que la voix d'un enfant mort et la rumeur de l'au-delà. Les apparitions surnaturelles cessèrent et les enfants se turent quand Ragnhildur s'arrêta de travailler, mais l'orchestre dissous égrène toujours ses notes au-dessus de ma tête.

Le tintamarre produit par le jeu saccadé de trois mandolines dans un coin est bien différent de la nappe mélodieuse tissée des cordes les plus fines, qui se déployait sur toute la longueur du salon vert quand j'étais petite. Et les musiciens survivants ont tendance à s'oublier et à chanter les paroles tout en jouant. Leurs voix claironnantes sont éraillées, sauf le tra-la-la de Ragnhildur qui a gardé son timbre argentin :

Il est des graines
dont c'est le triste sort
de toucher terre et ne jamais éclore...
et des poèmes, qui vivent et meurent tout comme
les p'tits enfants qui n'seront jamais des hommes

Je me suis rendu compte, en voyant ton ombre serpenter le long du Sentier de l'Hôpital, que je n'avais même pas mentionné l'orchestre de mandolines dans nos conversations. Comme si c'eût été quelque peu risqué. Non, l'orchestre de Ragnhildur avait été relégué dans un silence absolu, comme tout ce qui m'entourait d'ailleurs.

Je freinai à mort pour ne pas écraser le bord de ton ombre et flanquai la Mazda sur le trottoir. Tu ne te retournas pas, heureusement, et l'ombre poursuivit sa marche ondulante, à moitié entre tes bras.

Je me suis affalée sur le volant, tout étourdie, et t'ai suivi du regard. Vue de dos, ta silhouette de grand échalas était toujours la même, avec son charme dégingandé et son allure ondoyante. Mais les cheveux étaient devenus gris. Qui l'eût cru.

L'ombre a pris le pas sur toi et t'a fait traverser Bergstadastræti juste au coin où nous avions l'habitude d'échanger deux baisers d'adieu à la fin de nos promenades. J'ai attendu que tu aies disparu après avoir traversé la rue d'Odin pour remonter la rue de Thor. Abandonnant la Mazda sur le trottoir, je suis rentrée à pied à Sjafnargata en suivant tes traces.

Tu étais donc venu me chercher enfin, pour m'emmener – où ça ?

Au lieu d'entrer directement chez moi au rez-de-chaussée, je montai l'escalier machinalement, et tombai sur Ragnhildur assise à la table de cuisine, revêtue de la robe de chambre à carreaux de son défunt mari. Ça ne se fait pas de mettre les vêtements des morts, mais je lui fiche la paix là-dessus.

Tu ne veux pas un café et un beignet ?

Je sursaute encore quand Ragnhildur me fait une offre. Il arrivait, bien sûr, qu'elle me proposât quelque chose, après qu'elle eut cessé de travailler, mais je ne m'y suis jamais habituée.

J'avais envie de lui dire : Bois ton café comme d'habitude, Ragnhildur. Ne te donne pas la peine de m'en proposer maintenant. Je me servirai moi-même comme je l'ai toujours fait.

Allons, allons. C'est maintenant une vieille femme dont la bosse – due à l'ostéoporose – fait saillie sous la robe de chambre de Haraldur. Du café du café du café… Quelle importance ?

Je pris un beignet congelé dans le baquet et me mis à le grignoter, debout dans l'embrasure de la porte.

Ragnhildur brandit le journal.

On dit ici qu'il est arrivé. Tu le savais ?

Il était dans le Sentier de l'Hôpital tout à l'heure.

Ils disent qu'il est revenu pour de bon et qu'il a racheté la maison de ses parents.

Je m'assis et pris le journal de ses mains. Il y avait une grande photo de lui, en couleurs, devant la maison de la rue de l'École, à côté d'une bétonnière orange. Il avait dû l'importer d'Italie ; je n'avais jamais vu de bétonnières de cette couleur en ville. La mienne est gris ciment.

Il est donc divorcé, dit Ragnhildur. La signora Lukasson ne peut pas être en Islande. À moins qu'elle ne soit morte.

Si c'était le cas, ils l'auraient dit.

Tu le regrettes toujours, dit Ragnhildur, enchaînant sans transition à son habitude : Le chagrin et moi ne sommes pas non plus étrangers l'un à l'autre. Mais c'est une chose de mourir une fois pour toutes et c'en est une autre de revenir.

J'allais lui demander si c'était une citation d'un poème quelconque, quand elle embraya sur les sifflantes, avec appel d'air sur les *ssss-ss-ss*... et exhiba une petite photo de son bien-aimé qu'elle a l'indécence de garder dans la poche de la robe de chambre de son défunt mari.

Elle scruta la photo, puis me la tendit. Un poète en herbe, aux yeux de génie, a dédié à Ragnhildur un poème d'adieu en vers libres où il est question de « ta chère main » et d'un champ de lave vert clair, près du sanatorium.

S'il avait vécu, il aurait bien entendu avalé de l'amphétamine comme les autres et composé quelque atrocité sur les oiseaux funestes de ses crises de manque. Et s'il avait vécu, je ne serais pas née. Je n'existerais pas, sauf dans l'esprit de Dieu.

Ragnhildur me regarde dans les yeux. Elle est d'ailleurs assez maline pour s'en abstenir le plus souvent. Je n'ai jamais rencontré des yeux comme les siens, tantôt transparents comme si l'on pouvait regarder à travers, tantôt impénétrables comme peut l'être un mur.

J'ai eu vite fait de détourner le regard et Ragnhildur soupire : Dire qu'il ne m'a pas été donné de partir, moi aussi.

En d'autres termes : tu ne comptes pas, tu n'as jamais existé, pas plus que Mummi, ni même Haraldur. Dieu ait son âme.

Mais ce qu'elle dit tout haut, c'est : « Tu as les yeux vitreux aujourd'hui, Lilla. »

La garde de nuit à l'hôpital a été pénible. Il y en a deux qui sont morts.

J'avais envie de sortir dans la rue et d'aller tout droit au café Mokka. J'aurais dû aussi aller chercher ma voiture, mais du diable si ce n'était pas comme du temps où Mummi et moi étions petits. Nous parlions toujours de sortir et avions peut-être l'intention d'aller quelque part, mais l'adhérence aux chambres de Sjafnargata était telle que nous n'arrivions pas à nous arracher à la porte d'entrée.

Du fait que je n'osais pas sortir dans la rue, j'allais monter me coucher, bien qu'il fût trop tôt, mais au lieu de cela je restai plantée à la porte à me traiter d'idiote. Et de triple idiote, quand j'essayai d'ouvrir celle de mon ancienne chambre. La porte avait tellement gonflé qu'elle ne céda pas, même lorsque je m'y appuyai de tout mon poids. Je finis par l'ouvrir d'un coup de pied.

L'odeur d'humidité me sauta à la gorge. Beurk! J'eus envie de vomir. Les coulées de mouillure étaient toujours au même endroit. (Où auraient-elles pu aller?) Le seau bleu émaillé était sous la fuite, dans le coin près de la fenêtre.

Tout était comme avant : le lit cadeau-de-communion avec sa couette imprimée d'anges, le tabouret de cuisine sur lequel on monte pour étendre ou décrocher le linge. Le bureau récupéré par Haraldur au sanatorium de Vífilsstadir et la pendule en bois découpé qu'il avait achetée en Suisse, accrochée au mur au-dessus de la table.

Inchangé également, dans les entrailles de la pendule, le petit couple en costume folklorique qui avait, au début, la particularité malencontreuse de jaillir vingt-quatre fois par vingt-quatre heures pour faire un petit tour en poussant la tyrolienne. Lorsque j'eus un petit ami, je m'enhardis enfin suffisamment pour débrancher le petit bonhomme et la petite bonne femme. Cela suffit pour les soustraire aux regards, mais ils ne cessèrent pour autant de manifester leur présence dans les profondeurs en émettant toujours une quinte poussive à l'heure juste.

Au moment où tu es revenu pour de bon dans la maison de tes parents avec une bétonnière, moi, j'ai fini de remettre en état celle des miens, sauf la vieille chambre moisie et le grenier. Une attention particulière a été portée à l'éclairage. Pourtant il y a des esprits qui valsent encore sur les lieux, dans chaque coin spécialement éclairé, et qui réclament droit de cité.

Elles ont commencé à reprendre du poil de la bête, ces ombres nébuleuses, et à se presser contre moi dans leur danse grotesque, certaines avec des nattes, toutes revendiquant le droit à l'existence. Je m'attends à ce qu'elles assument des contours d'une précision incisive et m'étranglent d'un seul coup en me serrant la gorge de leurs milliers de doigts.

Je n'ai rien à foutre avec vous, sorcières difformes. Je ne danserai pas avec vous. Allez chercher d'autres espaces vides pour y cambrer les reins. Laissez-moi passer. Écartez-vous. Je ne peux pas danser avec vous. J'ignore les pas. Ils n'étaient pas au programme de l'école de danse de Hermann.

Je me suis couchée dans le lit cadeau-de-communion, sur la couette aux anges usés, et j'ai pleuré comme si c'était moi qui avais inventé les larmes, avec toutes sortes de variantes dans les sanglots, – moi qui n'ai même pas dit ouf quand j'ai accouché de mes filles, et je trouvais invraisemblable que tu aies importé d'Italie cette bétonnière orange.

Le premier matin où je t'ai ouvert la porte dans la lumière crue du jardin, bien avant le lever du jour, tu m'as demandé, après tant d'étreintes et de baisers que j'étais sur le point de tomber de sommeil dans ce lit : Il y a une fuite dans ta chambre ?

Comme tu vois.

Et tu as eu cette expression, que l'on pouvait interpréter de bien des manières mais où il y avait, en plus, quelque chose de buté, en ma faveur.

Quand j'ai repris mes esprits, tu avais soigneusement bordé la couette aux anges autour de nous et tu me regardais d'un air si grave que j'ai cru que tout était fini entre nous.

Ça ne me plaît pas trop de t'appeler Lilla. Est-ce que je peux t'appeler Lí ?

Quand je pense à toi, chaque jour, même le jour où Haraldur est mort et même les jours où mes filles sont nées, je porte ce nom que tu m'as donné. Et tu vas le redire bientôt, au cours de nos nouvelles promenades en terrain connu, dans le parc du kiosque à musique, sur la butte de Skólavörduholt, tu diras de ta voix posée quand tu verras quelque chose de drôle ou quand une lubie quelconque te passera par la tête : **Regarde Lí ! Écoute Lí !**

Je n'ai pas trébuché sur le seuil du café Mokka. Je suis allée droit à toi. Tu buvais ton café *medium* avec du lait comme la dernière fois, mais pas à la même table.

Bonjour et bienvenue, dis-je, je peux m'asseoir à côté de toi ?

Je t'en prie.

Et tu as souri des yeux comme avant, et aussi de la bouche – ce qui était toujours plus rare. Il y avait maintenant des rides aux commissures, suggérant plus de gaieté qu'au bon vieux temps. L'une des incisives de la mâchoire supérieure avait un peu dévié, moqueuse, et renforçait encore l'impression enjouée, inattendue, que tu donnais par ces temps nouveaux.

Je vais d'abord me chercher un café.

Non, c'est moi.

C'était une chose que tu disais souvent : *c'est moi.*

Je me suis assise et je t'ai regardé, debout au comptoir, grand échalas au charme fou, au début de notre nouveau temps, je t'ai regardé payer mon café et me l'apporter de tes mains sûres que je connaissais par cœur autrefois et dont j'ai tout de suite commencé à mémoriser l'aspect changé : les longs doigts, l'auriculaire et l'annulaire surtout, étaient maintenant un peu recourbés et les mains brunies ; tout le temps écoulé s'était logé dans ces chaudes mains. Je me suis tout de suite mise à les aimer.

Après le Mokka, nous avons repris notre déambulation coutumière. J'y étais préparée, portant le long manteau bleu-gris qui est exactement de la même couleur que la parka que tu avais trouvée pour moi au Magasin des Scouts. Le seul vêtement de couleur que je me sois acheté, à part le maillot de bain turquoise.

Nous sommes allés dans le jardin du sculpteur Einar Jónsson et nous sommes assis sur un banc parmi les statues. Les mots nous ont désertés. Mais les statues auraient eu beaucoup de choses à dire si elles avaient voulu parler, car elles conservaient tous les mots de notre histoire, et les innombrables baisers échangés dans le jardin.

Tandis que nous étions là assis, face à cette belle vue si chère à nos cœurs, tu as eu la bonté de poser ta nouvelle main brunie sur ma main incolore. Les parcelles de ma vie affluèrent à toute allure de tous les azimuts, tendant à former un tout, peut-être une nouvelle statue dans le jardin. Tout cela m'étourdit et je posai la tête sur ton épaule comme je l'avais fait tant de fois, comme je me rappelais parfaitement l'avoir fait ici même bien souvent, avant de poursuivre notre flânerie par les rues, toutes, sauf Grettisgata, dans laquelle je ne voulais pas aller et tu as demandé pourquoi et je t'ai dit parce que et tu as dit que ce n'était pas une réponse et je n'ai pas répondu.

QUAND J'ÉTAIS PETITE, il y avait encore à Reykjavík une FEMME SOÛLE DANS UNE REMISE et une flopée de petits morveux lui menaient la vie dure. La femme pouvait assurément habiter dans n'importe quel quartier, pourvu que ce fût dans une remise, un hangar, une masure qui fît suffisamment office de taudis. Une certaine femme soûle répondant au nom de Virginia était censée vivre dans un hangar tout près de l'école de navigation. Les gosses de l'école primaire du Centre s'y rendirent en exploration sous la conduite de Lisa. Ils trouvèrent bien quelques hangars mais pas de femme dedans.

Les femmes seules et pas forcément soûles pouvaient également habiter tel ou tel taudis isolé, autour du lopin de terre de Fossvogur, par exemple, et elles avaient parfois des poules. Certaines de ces femmes, non contentes d'avoir des poules, avaient aussi un poète et c'était alors surtout le poète qui était soûl.

Les gosses de l'école du centre étaient les plus acharnés à faire des misères à la femme soûle de la remise de Grettisgata. Elle s'appelait Nellí et passait pour avoir brouté de l'herbe au cours d'une crise éthylique. C'est pourquoi on l'avait surnommée au début l'**Herbivore.** Mais il y avait moyen de faire mieux, puisque le hasard avait voulu que l'herbivore fût aussi soûlographe, et on la baptisa **Herbivrogne.** C'était une des trouvailles de Lisa.

Lisa était le fer de lance du groupe gros-mots-et-sales-coups de l'école du centre. Personne ne lui arrivait à la cheville pour ce qui était d'inventer jurons et sobriquets (on m'appelait **apécé** parce que l'alphabet avait chez moi une consonance teutonique, due à l'enseignement du *b* par Magda) et Lisa était pire qu'un garçon dans les bagarres. Elle ne s'en tenait pas aux pinçons ni aux coups de griffes qui sont l'apanage des filles. En plus, elle était faux jeton, ce qui n'était pas courant à l'école du centre. Même le prof de gym se méfiait d'elle.

Un jour, le gang des brimeurs arriva à l'école en chantonnant sur l'air emprunté aux petits vendeurs de journaux :

L'Herbivrogne n'est pas soûle aujourd'hui ! Pas de mec chez l'Herbivrogne aujourd'hui !

Était-ce possible ? Comment était-elle, non soûle ? La curiosité me poussa à me mettre en route, moi la fille qui n'allait jamais nulle part si ce n'est à la boutique chercher du lait et à la rigueur à la bibliothèque municipale de Thingholtsstræti.

La masure de Nellí n'était pas dans une arrière-cour, mais c'était plutôt une sorte d'appentis adossé à un mur. Il y en avait d'autres comme ça en ville. Leur origine leur servait en général de circonstance atténuante – ils avaient fait saillie légèrement de guingois sur des murs improbables, comme pour renforcer les maisons –, pouvant passer quelque temps pour des annexes, puis ils s'étaient fondus rapidement en pan de mur porteur ou en bout de muraille attenante, sans arriver à devenir autre chose que des excroissances du gabarit de trois latrines.

On ne voit plus beaucoup d'appentis de ce genre de nos jours parce que les groseillers ont poussé autour d'eux comme pour leur apporter les derniers soins. Certains ont été démolis, d'autres rafistolés pour en faire des logements indépendants avec charpente rénovée, voire ajout aux ajouts qu'ils étaient eux-mêmes à l'origine, et puis peints d'une couleur bizarre en guise d'affirmation de leur droit de cité.

La masure de Nellí était l'un de ces appentis qui subsistent, inchangés. Aucun groseiller ne dissimule son existence aléatoire, pas de hautes tiges d'oseille sauvage ni de squelettiques angéliques. Elle n'a été peinte d'aucune couleur, ni ordinaire ni singulière. Du fait que personne n'a eu l'idée de raser ce logis, il n'est pas exclu qu'un souffre-douleur suffisamment marginalisé puisse encore y trouver refuge.

C'était ouvert chez Nellí et il y avait deux chaises à l'extérieur. Je m'enhardis jusqu'à approcher de la porte pour jeter un coup d'œil à l'intérieur.

Nellí me tournait le dos, occupée à récurer le lino déchiré. J'allais signaler ma présence quand elle dit tout à coup : Attends dehors une minute que je finisse de nettoyer. Assieds-toi.

Cela ne pouvait signifier qu'une chose : qu'elle avait des yeux derrière la tête, cette femme soûle, qui ne l'était pas ce jour-là.

Je me suis assise et j'ai regardé le linge blanc comme neige qui séchait sur la corde. La housse de couette avait un entre-deux au crochet et les lettres brodées en rose sur la taie d'oreiller disaient : *Bonne nuit. Fais de beaux rêves.*

Je m'oubliai à contempler tout cela car je portais au linge un intérêt maladif. Je pénétrais dans le jardin des gens en revenant de l'école, pour voir si leur linge était aussi éclatant que le mien. Celui de Nellí était de première catégorie.

Elle s'assit près de moi quand elle eut fini de récurer, disant qu'il fallait attendre dehors que le sol sèche. Sinon, il faudrait tout recommencer.

Sur quoi, elle m'expliqua que c'était très important de faire les choses dans le bon ordre :

D'abord on fait les crêpes. Ensuite on essuie la table. Puis on nettoie le plancher. Ensuite on laisse sécher. Il faut essuyer la table avant de nettoyer le sol car tu ne voudrais pas avoir des miettes, des saletés et de la farine sur le plancher fraîchement lavé. Il faudrait alors le récurer à nouveau. C'est pareil si on laisse des traces avant que ça sèche, il faut repasser la serpillière sur tout le plancher. Rappelle-toi ça quand tu te mettras en ménage. Ceux qui font les choses dans le bon ordre évitent le double travail. Or le double travail c'est, en fait, un des péchés capitaux.

Ces deux mots m'ont accompagnée tout au long de ma vie : **Double Travail** et **Péché Capital.** Ils vont si bien ensemble et ils touchent de si près le cœur du problème. De même que le fait d'exister est en soi un double travail, car ce n'est pas tout de naître, il faut aussi mourir et il y a là quelque chose qui fait double emploi – et puis c'est un péché capital en soi que d'être une personne car la vie se déroule dans un ordre complètement aberrant et la personne ne sait même pas quel est le bon ordre ou n'y pourrait de toute façon rien changer si elle le savait, de sorte qu'il en résulte une ribambelle de doubles travaux qui sont des péchés capitaux et qui font en ricanant des sauts périlleux à tire-larigot, comme des acrobates fantômes.

Sur la table, chez Nellí, il y avait une assiette de crêpes encore chaudes et une photo dans un cadre doré. C'était celle d'une fillette avec des nattes nouées de gros rubans, comme ceux que Magda me mettait dans les cheveux le dimanche, aux anniversaires et à Noël.

J'ai dû faire des crêpes pour que le lait ne soit pas perdu, dit Nellí. Il y a des gens qui sont venus, croyant que ma petite fille était encore chez moi, et ils m'ont apporté des œufs et du lait.

Qu'est-ce qu'elle a de belles tresses.

Ça, c'est vrai.

On m'a coupé les miennes.

C'est dommage, dit Nellí, en me regardant avec attention.

Il me vint à l'esprit de lui raconter le vol de mes nattes et de lui parler de Nauthólsvík, mais elle était devenue tout agitée, claquant la porte du placard avec fracas après en avoir sorti le sucrier, faisant le tour de la pièce en grommelant et grimaçant. J'espérais seulement que ce n'était pas le début d'une de ces crises qui la pousserait à brouter de l'herbe.

Les braves gens, dit-elle en regardant le sucrier. Les braves gens n'enlèveront pas ses tresses à la petite, pas des braves gens comme ça.

J'avais fait une sacrée gaffe en parlant à Nellí de mes tresses coupées. Elle avait une peur affreuse que sa fillette ne tombât, comme moi, entre les mains d'un voleur de nattes.

Nellí s'aperçut tout à coup qu'il y avait quelqu'un chez elle. Elle s'assit à côté de moi, le sucrier entre les mains, et me regarda, l'air embarrassé. Puis elle posa le sucrier sur la table, demanda si je voulais beaucoup de sucre ou peu, s'il fallait rouler ma crêpe lâche ou serrée.

Elle me regarda et demanda : Qu'est-ce que tu as mangé aujourd'hui ?

Une tranche de pain de seigle.

Avec quoi dessus ?

Rien.

Et tu as bu du lait avec.

Je n'étais pas encore allée chercher le lait.

Tu n'avais pas faim ?

Je ne sais pas.

Qu'est-ce que tu aimes manger ?

On mange du gigot à Sjafnargata.

Et quoi d'autre ?

Du gigot.

Il y a du gigot à tous les repas ?

Il y en a le dimanche.

Et qu'est-ce qu'on mange les autres jours ?

Les restes du gigot.

Tu es seule à la maison avec ta maman ?

Non, il y a aussi Haraldur et Mummi.

Vous faites donc cuire deux gigots le dimanche ?

Non un seul.

Qu'est-ce qu'il fait, ton papa ?

Haraldur est médecin.

C'est qui Haraldur ?

Il est médecin.

Ton papa s'appelle Haraldur ?

Oui, et Ragnhildur est médecin aussi.

C'est qui Ragnhildur ?

Maman, c'est Ragnhildur.

Nellí m'a regardée et s'est tue, si longuement que j'ai commencé à trouver ça gênant.

Elle est réincarnée, dis-je.

Nellí m'a regardée d'un air interrogateur, mais je n'avais pas envie d'entrer plus avant dans le chapitre de Ragnhildur et des différents niveaux d'existence, que je ne comprenais d'ailleurs pas tout à fait moi-même. Mais je me disais souvent que c'était une sacrée corvée que de naître et de mourir, comme ça, sans arrêt.

Elle est quoi ? demanda Nellí comme si elle n'avait pas entendu.

Réincarnée.

Tu es une enfant de l'Assistance ?

Pas que je sache.

Pourquoi est-ce que tu dis Haraldur et Ragnhildur ?

Je ne sais pas. Mummi et moi, nous les appelons Hralli et Ralla, mais ils ne nous entendent pas parce qu'ils sont à moitié sourds sauf quand les poumons disent tuberculose et emphysème dans leur stéthoscope.

Le visage de Nellí se fendit d'une oreille à l'autre, dévoilant quatre dents. Deux incisives à la mâchoire supérieure et deux dents côte à côte au fond de la mâchoire inférieure.

Je te trouve bien maigrichonne, dit-elle, une fois remise de son éclat de rire. Ma petite fille n'a jamais été maigre comme ça chez moi, ajouta-t-elle. Elle était bien potelée quand ils sont venus la chercher et son lit avec. C'était un bon lit.

Où est-elle ?

On l'a emmenée.

Où ça ?

J'en sais trop rien.

Pourquoi est-ce qu'on l'a emmenée ?

J'étais soûle et elle n'a pas de papa.

Nellí se pencha au-dessus de la table et dit tout bas, comme si elle m'expliquait un secret : c'*est* mieux pour elle de ne pas être ici.

Et pour vous ?

Je serais bien contente de n'être jamais née.

Je n'avais jamais entendu rien de tel que d'être bien content de n'être pas né. Mais je le compris d'une certaine manière en pensant à un enfant couvert de brûlures du troisième degré qui mourut au bout d'atroces souffrances dans le service de Ragnhildur, ou encore à un enfant affligé d'un spina-bifida. Ceux-là se seraient sans doute bien passés de naître.

Je mourais d'envie de savoir ce que Ragnhildur dirait de tout cela, ayant vécu tant de naissances et de morts. On pouvait essayer de lui poser la question autour du gigot dominical et c'était un atout d'avoir Haraldur sous la main, car il était en général mieux-entendant qu'elle. Il nous aidait parfois, Mummi et moi, à parvenir à ses oreilles à elle.

Mais ce dimanche-là, Ragnhildur était en robe de chambre et son ouïe était complètement partie, que ce fût Haraldur qui lui parlât pour lui-même ou en notre nom. Elle lisait sans lunettes le texte figurant sur l'emballage de plusieurs paquets de biscuits Jacobs et fumait à la chaîne à la table du déjeuner. On n'avait pas tourné le bouton pour les infos de midi. Ragnhildur avait dû perdre un enfant.

C'en était un signe indubitable si elle traînait en robe de chambre et dépassait les deux paquets par jour, lisant des poèmes de Steinn Steinar, d'Einar Benediktsson, de Rilke, d'Edith Södergran, de Walt Whitman, de T.S. Eliot, de Hallgrímur Pétursson, de Shakespeare, avec ses lunettes de lecture et semant les livres à l'envers dans toutes les pièces.

Elle pouvait aussi être habillée, tout en ayant perdu un enfant, mais on savait tout de suite à quoi s'en tenir si elle s'arrêtait complètement de chercher les objets perdus et si elle était bien plus distraite qu'à l'accoutumée, au point de ne pas s'apercevoir qu'une chose fût égarée, alors qu'elle continuait de fouiller des deux mains les tiroirs de la cuisine et de lire le mode d'emploi de l'ouvre-boîte électrique perdu, voire le mode d'emploi de trucs pas encore perdus.

Quand les choses se présentaient ainsi, des séances de spiritisme avec médium se déroulaient dans le salon vert, deux soirs de suite en général. Ragnhildur et Haraldur étaient les seules personnes présentes, à moins que quelques anciens camarades de l'orchestre de mandolines ne vinssent se joindre à eux. À ces séances on jouait alors *Il est des graines* et *Plaisir d'amour*, et il nous était doux de nous endormir sur un bel air, bien qu'on ne pût être sûr que les mandolines fussent bien de ce monde.

Bon nombre d'enfants morts m'empêchaient en revanche de dormir. C'est qu'ils pouvaient être sacrément bruyants et qu'ils avaient tendance à chialer – heureusement sans avoir jamais de fièvre –, et tous leurs messages par le truchement de la voix enrouée du médium étaient positifs.

C'est Mummi qui avait eu l'idée d'un titre pour lui : le **médium du logis** sur le modèle de la fée du même nom. J'avais un peu peur de cette créature néphropathique avec ses yeux caves mais Mummi, qu'elle terrifiait littéralement, prenait grand soin de ne pas se trouver sur son passage. Il disait que c'était un revenant du pays des enfants morts. Ce qui expliquait l'intensité de la communication avec eux.

Haraldur s'efforçait parfois de réconforter Ragnhildur quand elle avait perdu des enfants. Il répétait sans cesse les mêmes mots : Ragnhildur chérie, c'était *inévitable*. Ce n'est pas nous qui gouvernons la vie ni la mort, *la vie* et *la mort* se gouvernent toutes seules. Il nous incombe *d'accepter*. J'entends si clairement, à travers tes paroles, qu'il n'était pas possible de sauver cette petite fille. Il y a quelque chose qui s'appelle le *pouvoir humain*, et cela n'était humainement pas en notre pouvoir. Pense à tous les enfants que tu as sauvés. Il n'y a pas un seul médecin dans tout le pays qui te vaille pour le *diagnostic*, tu as là un talent absolument surnaturel et c'est cela qui est salvateur.

Il était d'ailleurs de notoriété publique que Ragnhildur jouissait du renfort de l'au-delà dans sa thérapeutique et que la clairvoyance de son diagnostic des maladies infantiles n'était pas normale. Lorsque je commençai à travailler moi-même à l'hôpital, j'eus l'occasion d'entendre, plus souvent que je ne l'eusse souhaité, comment il suffisait à Ragnhildur de jeter un coup d'œil à son petit patient, d'appuyer légèrement le doigt quelque part et de poser deux questions pour pouvoir rendre son verdict avec une autorité souveraine.

Il pouvait lui arriver d'avoir à poser plus de deux questions, de palper l'enfant à plus d'un endroit, voire de lui faire ouvrir la bouche, avant de se mettre à réfléchir. Pendant ce temps, où elle ne répondait pas si on lui adressait la parole, elle faisait penser à un médium en transe.

Mummi et moi connaissions plein de bons petits airs sur Ragnhildur et nous les entonnions, même si nous étions proches d'elle à la toucher. Au grenier, nous nous égosillions à chanter :

Ralla perchée sur une branche tordue
dans son service elle a perdu
un deux trois
et c'était toi...

Le grenier avec sa lucarne en forme de losange était pour Mummi et moi un univers derrière le monde. Cent vingt mètres carrés où s'accumulait la chaleur de la maison, car l'air chaud tend à monter, même à Sjafnargata.

Quand il n'y avait pas d'école, nous commencions généralement la journée en grimpant en pyjama à l'échelle de meunier qui menait à la soupente. Nous nous enveloppions d'un drap déchiré, allumions la baladeuse au bout de son long fil et la traînions avec nous entre le divan avachi, le rouleau de l'essoreuse, la machine à coudre et le fauteuil à bascule.

Le grenier était le royaume du fantôme de Sjafnargata qui avait la particularité d'être tantôt féminin et de s'appeler Rallalall, tantôt masculin, répondant alors au nom de Hallilall. Ce fantôme médical procédait au grenier-bloc-opératoire à des interventions risquées au moyen d'instruments rouillés qui tantôt achevaient et tantôt guérissaient le même patient.

Mon petit frère eut à subir beaucoup d'opérations cardiaques hasardeuses, sur la table d'examen datant de la Première Guerre mondiale. Je commençais par dessiner un cœur au stylo à bille rouge à son emplacement probable sur la cage thoracique, puis prenais position, la baladeuse tenue d'une main et le scalpel brandi de l'autre.

Faut-il t'enlever cette saloperie de cœur sale mioche?
Et quoi mettre à la place?
Un gros boudin ranci dans le péricarde.
Alors d'accord.

Et j'exécutais l'opération dans les règles de l'art. Il fallait d'abord endormir le patient pour l'empêcher de bouger lorsque je m'acharnerais à extirper son cœur et j'étais une anesthésiste si magistrale qu'il ne broncha jamais.

La lucarne en losange du grenier était haut perchée. Des enfants ne pouvaient rien voir au-dehors sans monter sur une chaise. On découvrait alors le jardin, un bout de Sjafnargata, une très mince bande de mer et le ciel.

Mummi et moi eûmes enfin l'idée de génie d'empiler des coussins sur les chaises pour passer des heures entières, assis à la fenêtre. Nous jouions à être invisibles, et c'était justement ce que nous étions. Jamais aucun passant ni aucun facteur ne vit les deux frimousses d'enfants à la lucarne sous le chevron du toit de la maison grise.

Un étranger prit une fois une photo de la maison quand nous étions à la fenêtre. Je m'imagine que deux petits visages apparaissent sur la photo quelque part dans le monde, comme de la buée sur les carreaux.

Les saisons passaient par nos yeux d'enfants. Dans la pénombre interminable de l'hiver, à la lumière de la baladeuse, nous attendions la lueur du petit matin et les jonquilles près du portail et les petites feuilles sur les bouleaux que nous voyions d'en haut, plantés de guingois, et la première trille du pluvier doré.

Lorsque tous les chants d'oiseaux migrateurs étaient arrivés, nous attendions l'été qui apporterait de grandes feuilles aux arbres du jardin, en particulier à l'arbre-sandwich. C'était aussi un signe d'été quand la bonne femme d'en face se mettait à prendre des bains de soleil en slip, allongée sur son balcon. Personne ne pouvait la voir, sauf Mummi et moi par la lucarne en losange.

Mummi eut l'idée de la surnommer la Culottée. Elle devint pour nous un point de repère, cette pauvre gourde, dans sa maison qui n'était qu'un ramassis de chausse-trappes. Il n'y avait même pas de gonds aux portes, mais des espèces de ressorts qui lui valaient d'avoir en permanence le nez aplati et les yeux au beurre noir à force de recevoir le battant en pleine figure quand elle allait d'une pièce à l'autre.

Quand Mummi et moi en avions assez de regarder par la lucarne, nous nous blotissions sous de vieilles nippes sur le divan défoncé et nous racontions des histoires comme celles de *La Petite Bourrique marchande d'allumettes*, de *Blanc-comme-neige et des sept bacilles de Koch.* La petite bourrique terminait ses jours en s'immolant par le feu avec ses allumettes parce qu'elle avait si froid. Et les gens attablés autour du rôti de Noël dans la maison bien chauffée regardaient les flammes par la fenêtre en disant : Il y a quelqu'un qui a le culot de brûler des ordures le soir de Noël.

Suivaient des fragments de leitmotiv des contes de Grimm :

... tu es bien en peine mon pauvre enfant...
... mon pauvre, pauvre petit bêta joyeux...

Après le jeu du médecin fantôme et celui de l'invisibilité, c'était le jeu de la mort qui était le plus amusant. On pouvait être à moitié mort, juste mort ou raide mort. Mummi pouvait se rendre complètement mort, flasque, la mâchoire pendante et les yeux mi-clos. Une fois, je me mis à pleurnicher parce qu'il n'y avait pas moyen de le ramener à la vie, même avec des chatouilles. C'est alors qu'il se redressa d'un bond en braillant :

Pas mort aujourd'hui, mon petit bêta joyeux!

Mummi et moi étions curieux du monde à notre façon et le contemplions inlassablement par la lucarne en losange et même par la fenêtre du salon vert, mais nous ne voulions pas mettre le pied dehors. Certes, le monde ne nous avait pas très bien accueillis le premier jour, bien que nous ne nous fussions pas aventurés au-delà du jardin. Peut-être cherchions-nous toujours à éviter le bonhomme et son geste d'admonestation sans réplique, même si nous n'en parlions pas. La peur qu'il m'inspirait en tout cas subsista en moi jusqu'à l'adolescence, jusqu'à ce que j'aie acquis un protecteur en la personne de mon amoureux.

Mummi et moi continuâmes de regarder par la lucarne en losange et d'attendre, d'attendre la venue de l'aube après le crépuscule et celle du crépuscule après l'aube. Peut-être attendions-nous aussi que Magda revienne. Du moins c'était mon cas et je changeais toujours sa literie les jours de buanderie. Mais nous ne parlions jamais d'elle et n'en parlons toujours pas, comme si elle n'avait jamais existé.

Magda s'en alla un jour de salon vert. Le lendemain était, dans l'ordre, le jour de buanderie. Jour de buanderie et pas de Magda. Qui allait donc faire la lessive ? Ragnhildur avait-elle trouvé une autre femme de ménage ? Allait-elle laver elle-même ? Ou est-ce que Haraldur finirait par laver, voyant que Ragnhildur ne faisait pas mine de s'y mettre ?

J'eus du mal à m'endormir. Je rêvai d'ennuis vagues et prolongés qui finirent par prendre la forme du linge sale. Draps et chemises voltigeaient dans la chambre, s'enroulaient autour de moi en me serrant de plus en plus de la tête aux pieds jusqu'à ce que je sois complètement entortillée comme une momie dans un livre. Le cri que je poussai me réveilla. Quelqu'un allait venir et je pris patience, pleine d'espoir, pendant quelque temps. Mais ce quelqu'un n'existait pas et, bien entendu, personne ne vint.

Les jours de buanderie, Magda commençait toujours à laver vers dix heures. Lorsque mon cri me réveilla, il était dix heures et demie et il n'y avait pas de lessive en cours. À onze heures, je me levai et allai ouvrir la porte de communication avec la buanderie. Quelqu'un avait enlevé les draps du lit conjugal et les avait ajoutés à la pile de linge sale. Je retournai m'enfouir sous ma couette en attendant que la lessive commence. Vers midi, la porte d'entrée claqua et les pas de Haraldur et de Ragnhildur s'éloignèrent dans l'allée du jardin, clic-clac, clic-clac.

Un tas de linge sale qui monte, qui monte, dans la buanderie, toute la journée du samedi. Où allait-il s'arrêter ? Haraldur et Ragnhildur étaient tout à fait capables d'avoir l'idée de laver le linge le dimanche au lieu de mettre le gigot au four. C'était une chose dont je ne pouvais endosser la responsabilité.

J'entrai dans la chambre de Mummi qui était assis dans son lit, occupé à colorier des animaux allemands dans son album. Il était de mauvaise humeur et demanda s'il n'y avait pas de porridge aujourd'hui. Je lui dis qu'on ne pouvait pas penser au porridge quand il fallait aussi faire la lessive. Mummi se mit à pleurer et demanda : Alors il n'y aura plus jamais de porridge ? Il était si accablé qu'il fallut le moucher et préparer aussi du porridge.

Mummi m'aida à enlever et à changer les draps de nos lits. J'allai ensuite dans la chambre de Magda. Son lit s'étalait, nu et sans housse de couette. J'y mis un nouveau jeu de draps que j'arrangeai de mon mieux, secouai l'oreiller et l'édredon, étalai le couvre-lit par-dessus et lissai le tout. Ce serait plus confortable pour Magda de trouver son lit tout prêt, si des fois elle revenait bientôt.

Je fis tout comme Magda. Triai le linge et mis en route trois machines. Quand le lave-linge eut fini, il fallut transvaser le linge lourd comme du plomb dans la lessiveuse, le rincer, le remettre dans la machine pour l'essorage. Du temps de Magda, je n'avais jamais mis la main à la pâte. J'avais eu en revanche pour fonction de lui tendre les pinces à linge lorsqu'elle étendait les vêtements à sécher.

Les bras m'en tombèrent littéralement lorsque je me rendis compte que je n'atteignais pas la corde à linge. Ce fut Mummi qui eut l'idée géniale d'aller chercher le tabouret de cuisine. Celui-ci eut désormais sa place dans ma chambre afin d'être toujours à disposition les jours de buanderie et il y est encore.

Ce jour-là, une pièce de théâtre vit le jour : *Hralli et Ralla font la lessive*. Le rôle le plus convoité était celui de Ralla, et Mummi et moi le jouions en alternance. Ralla en train de suspendre Hralli la tête en bas à l'aide de pinces à linge géantes, Ralla prenant un bain de pieds dans la lessiveuse remplie d'eau bouillante, Ralla en train d'essorer ses lunettes...

Lorsque les grandes pièces de linge furent sèches, j'essayai de les faire passer par le rouleau de la machine à repasser, mais elles restaient informes malgré l'aide de Mummi. Je rangeai draps et housses de couette lamentablement froissés dans le placard à linge quand Ragnhildur sortit faire un saut à son service le soir. La literie était tellement différente de ce qu'elle avait été du temps de Magda que je ne pus m'empêcher de chialer.

Ce premier jour de buanderie, je ne touchai pas au fer à repasser. À dater de ce jour, tous les vêtements restèrent non repassés à Sjafnargata, sauf les chemises de Haraldur et quelques vêtements de Ragnhildur, envoyés à la laverie et à la teinturerie. Bien plus tard, quand j'eus un amoureux, je me mis à repasser et à défriper mes vêtements afin de ne pas me présenter chiffonnée à ses yeux.

Le lendemain, un dimanche, suivant le départ de Magda, j'étais tellement épuisée après la lessive que je ne me levai pas avant que Mummi ne m'appelle pour manger. Je m'habillai, engluée de sommeil, avec le sentiment d'avoir remporté une victoire du fait que c'était grâce à moi qu'on déjeunait ce jour-là – en faisant la lessive du samedi, j'avais fait en sorte que la chaîne des gigots du dimanche ne fût pas rompue.

Mais la semaine à venir ne me disait rien qui vaille. On ne pouvait compter sur Ragnhildur ni Haraldur pour maintenir l'organisation de Magda dans les chambres puisqu'ils ne s'étaient pas occupés de la lessive au jour prescrit. J'eus la vision d'un désordre poussiéreux dans les huit pièces, s'aggravant au fil des jours de la semaine, avec des taches par terre, des cheveux et une ligne de niveau graisseuse dans la baignoire.

Il fallait tout de même attendre de voir ce que Ragnhildur ou Haraldur envisageraient en revenant du travail le jour de la chambre de Mummi et de la mienne. Voir s'ils feraient peut-être un peu de rangement. Si j'avais tout fait à leur retour, je ne pourrais jamais savoir quelles avaient été leurs intentions.

Le lendemain matin, le soleil était entré dans ma chambre et il n'y avait pas de vent dans l'arbre. Je réveillai Mummi lorsque je cessai d'entendre le bruit des pas des Époux s'éloignant dans la rue. Nous montâmes à la cuisine où je mis la table pour nous deux comme Magda avait l'habitude de le faire et préparai le porridge.

Après l'avoir englouti, Mummi fila au jardin, en pyjama, pieds nus, et moi derrière lui. Le gros oiseau-Lilla venait d'attraper le petit oiseau-Mummi et de s'abattre sur lui quand retentit l'appel : Hé, les mioches ! Un homme grand et mince, avec des lunettes, se tenait près de la clôture. Il appela de nouveau : *Hé, les mioches !* pointant sur nous un index démesurément long.

Mummi et moi nous réfugiâmes dans la maison et verrouillâmes la porte derrière nous en nous appelant l'un l'autre bêche de mioche et tête de pioche. Je trouvai des vêtements à mettre à mon petit frère et nous passâmes le temps à virevolter jusqu'au soir à travers toutes les pièces et le grenier. C'est là que nous établîmes les bases du jeu de la mort, du jeu du fantôme et du jeu de l'invisibilité.

Mummi s'était endormi quand Haraldur et Ragnhidur rentrèrent. J'attendis sous l'édredon que Ragnhildur vînt mettre de l'ordre dans ma chambre comme Magda l'avait toujours fait ce jour-là.

Mais c'était comme si Ragnhildur pensait à autre chose. Je prêtai lontemps l'oreille au bruissement des Époux à l'étage audessus. Quand on n'entendit plus rien, j'allai dans la chambre de Mummi. Deux petits petons froids émergeaient de la couette. Je les emballai comme Magda savait le faire. Puis j'alignai ses affaires soigneusement, époussetai et balayai sans qu'il bronchât. Le récurage attendrait car la serpillière était en haut et je ne voulais pas courir le risque de déranger Haraldur et Ragnhildur.

Le ménage de ma chambre passa à l'as. C'était moi qui décidais de ce que j'y faisais : c'était ma chambre. Dans la chambre non rangée, non époussetée, non récurée, là où tout aurait dû être propre et net après le ménage du lundi, s'amplifia en moi la peur du long bonhomme à lunettes et à voix enrouée qui appelait les mioches près de la clôture en pointant sur Mummi et moi son doigt en forme de règle.

Le jour de la salle de bains, après le départ de Magda, se produisit un événement exceptionnel. Haraldur me dit en rentrant du travail : Maintenant nous allons faire un tour, ma petite.

Je me dépêchai de me faire belle et de nouer les rubans d'anniversaire violets à mes tresses. Elles étaient d'ailleurs quelque peu défraîchies. J'avais dû oublier de les dénouer avant de me coucher, le soir où Magda était partie.

Ce petit tour était une énigme comme dans un livre. Il me vint surtout à l'idée que Haraldur allait m'emmener chez le marchand de glaces Dairy Queen dans la rue principale. Je prendrais alors une glace enrobée de chocolat comme au cours des balades dominicales en voiture.

Mais il s'engagea aussitôt dans un itinéraire bizarre, en remontant Njardargata pour passer devant la statue de Leifur Eiríksson. Lorsque nous atteignîmes Njálsgata, j'étais à peu près sûre qu'après de tels zigzags il ne descendrait pas vers le centre-ville, à moins qu'il n'eût l'intention de faire une visite à un malade.

Le petit tour prit soudainement fin chez le coiffeur Gudmann. J'y étais déjà venue quelquefois quand Magda y accompagnait Mummi pour lui faire couper les cheveux, mais on n'avait jamais coupé les miens à cet endroit, car c'était Magda elle-même qui veillait à rafraîchir ma coiffure et le bout de mes tresses.

J'interprétai cette expédition chez le coiffeur comme l'intention de Haraldur de se faire couper les cheveux. C'est pourquoi je ne fus plus qu'un grand point d'interrogation quand Gudmann posa une planche sur les accoudoirs du fauteuil. C'est ce qu'on faisait quand on coupait les cheveux aux enfants, et j'étais la seule enfant dans le salon de coiffure.

Gudmann me débarrassa de ma parka qu'il accrocha à une patère. Quand il me souleva pour m'asseoir sur la planche je fus si étonnée que je dis : Hein? Comme si quelqu'un avait dit quelque chose, mais personne n'avait rien dit.

C'était un triste tableau qui me sauta aux yeux dans le miroir du coiffeur. Mes grosses tresses ébouriffées comme sur une tête de gorgone et les rubans comme des chiffons fripés. Ce n'était pas ma personne telle que la reflétait le miroir de la chambre de Magda quand elle avait fini de natter mes cheveux et noué des rubans neufs.

Voulez-vous emporter les nattes ? demanda Gudmann.

Je vis dans la glace que Haraldur n'était pas préparé à cette question. Il baissa les yeux et dit :

Pas la peine.

Je fermai les yeux et entendis un cisaillement lancinant tout contre mon oreille – et le bruit mou de la tresse tombant sur le sol. Je gardai les yeux fermés quand le cisaillement se fit entendre près de l'autre oreille et ne les rouvris pas avant d'avoir entendu tomber la deuxième natte. Restait dans la glace une petite fille avec deux touffes hérissées ressortant de derrière les oreilles. Je faillis rire. Cela faisait penser à quelque chose de drôle dans un dessin animé américain à la télé.

Gudmann brandissait à nouveau les ciseaux quand je lui mordis le dos de la main. Il lâcha l'instrument qui m'égratigna la joue. Deux filets de sang apparurent face au miroir et se mirent à couler rapidement dans mon cou.

Je me laissai glisser à terre. Mes tresses blondes ornées des rubans d'anniversaire avaient échoué en tas avec d'autres cheveux inconnus, bruns et châtains. Je piétinai les nattes en poussant un cri perçant et brandis le poing au nez de Haraldur et de Gudmann alternativement. Puis je bondis dehors sans parka et courus en hurlant vers Sjafnargata. C'était difficile de hurler en pleine course, aussi fis-je une petite pause en haut de Skólavördustígur pour atteindre une tonalité plus aiguë, de même au coin de Freyjugata et de Njardargata.

J'allai directement à ma chambre, me jetai sur le lit tout habillée et chaussures aux pieds et continuai de hurler de toutes mes forces. Ragnhildur entra. Elle s'assit sur mon lit. J'en fus si étonnée que je me tus.

Allons, allons, dit Ragnhildur tandis qu'elle me déculottait en un tournemain.

Elle allait donc me donner une fessée comme on faisait dans les livres avec les enfants insupportables. Certains ne l'étaient pas d'ailleurs et n'avaient rien fait de mal, mais on les accusait à tort.

Ne bouge pas, dit Ragnhildur en me frottant la cuisse.

Je ne voyais pas ce qu'elle faisait et je ne sentis rien, mais elle m'avait naturellement fait une piqûre en commençant par frotter l'endroit pour que je ne sente pas la pénétration de l'aiguille.

Mais pourquoi faisait-elle cela ? J'avais lu des histoires d'injections mortelles dans des livres d'adultes et aussi qu'on éliminait des enfants, mais je ne connaissais pas d'exemples de mères qui s'en fussent rendues coupables – si ce n'est quand on exposait les enfants comme dans les légendes, et c'était fait alors dès la naissance.

Peut-être que Ragnhildur n'était pas du tout ma vraie mère et peut-être qu'une fois Magda partie, il lui fallait se débarrasser de moi, parce qu'elle ne pouvait naturellement pas passer son temps à me faire des tresses à la maison alors que les enfants attendaient dans son service avec des brûlures de troisième degré et des méningites.

Non, ça ne pouvait pas être ça. Maintenant qu'on m'avait enlevé mes tresses, il n'y avait plus de raison de se débarrasser de moi et ma vie serait épargnée.

Je lui demandai tout de même, à tout hasard : Est-ce que je dois mourir ?

Seulement te coucher, ma petite. Demain sera un autre jour.

Une torpeur pesante, comparable à la sensation d'avoir la tête alourdie par une mauvaise grippe, s'abattit sur moi. Ragnhildur restait au bord du lit. Ça ne présageait rien de bon et s'apparentait même au **jusqu'à ce que mort s'ensuive** des bouquins. Peut-être que cette piqûre n'était pas vraiment mortelle mais anesthésiante, comme celles qu'on fait aux animaux vieux ou malades pour les endormir au point qu'ils ne se réveillent plus.

Quand le nouveau jour annoncé par Ragnhildur arriva, Mummi était blotti contre moi dans mon lit et tapotait le sparadrap sur ma joue. J'étais encore tout habillée mais quelqu'un m'avait enlevé mes chaussures.

Ça ne me plaisait pas de m'être réveillée si ça n'était pas prévu au programme et je me mis à sangloter sur cette erreur éventuelle. Je dis à Mummi qu'il n'était pas du tout sûr que je dusse me réveiller après la piqûre. Mummi traita tout cela par le mépris en disant que c'étaient des conneries (**connerie** était l'un de ses maîtres mots), on m'avait piquée pour me calmer et ce n'était pas la même chose.

Les jours suivants, je fis gaffe à ne pas me trouver sur le chemin de Ragnhildur, des fois que l'anesthésie définitive aurait véritablement échoué. Si je me rappelais à son bon souvenir, je courrais encore plus le risque qu'elle ne recommence. Du reste, il ne devait plus y avoir urgence, je ne devais plus lui peser bien lourd, du fait qu'on m'avait coupé les nattes.

En revanche, Haraldur me prit au dépourvu le jour où je me réveillai du grand sommeil, en revenant trop tôt de son travail. J'étais en train d'essuyer la poussière dans le salon vert, car tous les jours s'étaient écoulés depuis le départ de Magda, et c'était de nouveau le jour du salon vert.

Tu es une bonne fille, dit Haraldur, mais laisse ça tranquille. Il me prit des mains le chiffon à poussière et le posa sur la table basse.

Il s'assit sur le canapé sans retirer son pardessus et me regarda. Je lui trouvai l'air affligé, comme dans un livre, et au coin d'un œil quelque chose allait se transformer en larme. Rien d'étonnant à cela, le pauvre homme avait une enfant qui avait mordu le coiffeur de Njálsgata et remonté Skólavördustígur métamorphosée en bête fauve.

Haraldur se taisait bien trop longuement sur le canapé. Enfin il demanda : Comment te sens-tu ma petite ?

Je me suis réveillée ce matin, dis-je, afin qu'il puisse faire une remarque au cas où cette éventualité n'avait pas été prévue.

Ça, c'est une bonne chose, dit Haraldur en souriant.

Est-ce que c'est vraiment une bonne chose ?

Quelle question, dit-il.

Puis il sortit de son portefeuille un billet de cinquante couronnes qu'il me tendit en me disant de m'acheter quelque chose de beau.

(Je n'avais pas la moindre idée de ce que je pouvais faire de cet argent. Le billet s'égara jusqu'à quelque temps après mon huitième anniversaire. Mummi était alors devenu si grand qu'il savait quoi faire de cet argent et nous le flambâmes sans difficulté.)

Ce même jour, où je me réveillai, Gudmann le coiffeur apparut soudain à Sjafnargata. Il était trop tard pour se sauver et se cacher au grenier. Haraldur me pria de venir dans la cuisine. Je mourais de honte et fixai obstinément la tache noire du lino que je n'avais pas réussi à récurer le jour de la cuisine. Comment pouvais-je regarder en face un homme qui avait un sparadrap sur le dos de la main parce qu'une bête sauvage y avait planté les dents ? Maigre consolation qu'il manquât une incisive à la mâchoire supérieure ; les bonnes petites filles ne feraient jamais une chose pareille même si elles n'avaient aucune dent de devant.

Il faut juste arranger ça un peu, dit le coiffeur en ouvrant sa sacoche.

Il commença par en sortir une pochette en papier brun. Le bout de mes tresses avec leurs vieux rubans d'anniversaire émergeait de l'ouverture du sachet.

Tu voulais peut-être les conserver, dit-il.

Il posa sur la table de cuisine le sachet contenant ces foutues saloperies de tresses, dégoûtantes d'avoir traîné sur le plancher du salon de coiffure. Il aurait mieux valu les jeter à la mer, ou plutôt les brûler.

Haraldur nous surveillait dans la cuisine, tandis que le coiffeur me coupait les cheveux, bien sûr pour parer à tout, compte tenu de ce qui s'était passé la veille.

Quand il eut fini, Gudmann dit que j'avais maintenant une coupe à la garçonne. C'était la dernière mode. Je ne savais pas ce que voulait dire ce mot, mode, mais je le trouvai minable tout comme la coiffure.

Drôlement bien, dit Haraldur, c'est drôlement bien.

Gudmann remit les ciseaux dans la sacoche et demanda un balai et une petite pelle.

Voyons voir, dit Haraldur, qui n'avait pas la moindre idée de l'endroit où Magda rangeait ces ustensiles.

J'allai chercher le balai et la petite pelle pour Gudmann et regardai les tombées de mes cheveux sur le sol de la cuisine. Que tout cela était donc absurde, avec, en plus, un coiffeur en train de balayer le plancher à Sjafnargata.

Mummi le surnomma **Gudmann voleur de nattes.** Quand nous nous sommes mis à pratiquer les exécutions sur le fauteuil à bascule électrique dans le grenier (en dépit des discours négatifs de Ragnhildur sur la peine de mort et la chaise électrique), Gudmann fut exécuté de temps en temps pour vol de nattes.

Ce ne fut pas une mince affaire que de se débarrasser des nattes le moment venu. Mummi empêcha que je les brûle immédiatement le jour où je me réveillai. Il dit que cela pourrait engendrer une puanteur comparable à celle des têtes de mouton roussies à l'abattoir. Ou mettre le feu à la maison.

Il proposa, à la place, de les évacuer dans les toilettes. Je savais qu'on ne pouvait pas le faire : les toilettes pourraient se boucher. L'idée lui vint de les éliminer une à une, mais cela ne me dit rien car Magda ne m'avait même pas permis de jeter dans la cuvette de petites boules de cheveux, quand elle avait fini de faire mes nattes.

Il apparut irréalisable de jeter les tresses à la mer – elle était trop loin. Le port fut pris en considération un moment, mais ce n'était pas la vraie mer et il y avait trop de bateaux. Mummi eut l'idée de recourir au lac, mais il ne s'y prêtait pas non plus : plein de canards et de gens en train de leur donner du pain. Il fallait être complètement débile pour embêter les canards en jetant dans le lac autre chose que des produits de boulangerie.

Nous étions à court d'idées quand il me vint à l'esprit que l'anse de Nauthólsvík faisait partie de la mer et que c'était l'endroit idéal pour se débarrasser de tresses encombrantes. Mummi en fut d'accord, mourant d'impatience de les décrocher de la patère de sa chambre.

C'est moche comme décoration de Noël, dit-il en enfonçant l'index dans les tresses ébouriffées qui attendaient leur sort.

Le temps était à la pluie et il nous fallut différer l'expédition jusqu'au prochain jour de beau temps. (Magda nous avait appris le temps, de même qu'elle nous avait enseigné tout le reste, l'heure et les lettres.)

Nous nous mîmes en route un matin, après avoir étudié le temps qu'il faisait dans tout le jardin. Pas un nuage au ciel. Mummi marchait devant, serrant sous son bras le sac en papier contenant les nattes, dont les bouts avec leurs rubans violets ballottaient à l'air libre en descendant Mímisvegur et Barónsstígur avant de traverser le boulevard circulaire.

Nous étions bien trop près de l'Hôpital national et du service de Ragnhildur. Il me sembla l'entrevoir à une fenêtre. J'avais peur qu'elle ne vienne nous embêter et je jetai un coup d'œil, mine de rien, derrière mon épaule tout au long de la route jusqu'à Nauthólsvík.

Mummi me remit solennellement le sac à tresses lorsque nous eûmes trouvé le bon endroit sur la grève. Je me préparai à le lancer en faisant tournoyer le bras, car il fallait que ça atterrisse dans la mer le plus loin possible. Les tresses se libérèrent du sachet et l'on entendit le petit plouf de leur amerrissage. J'observai avec stupéfaction qu'elles ne coulaient pas tout de suite, mais barbotaient à moitié sous l'eau comme les petits enfants avec leurs bouées à la piscine couverte.

Mummi prétendit que les tresses ne couleraient jamais et bourlingueraient comme des bouteilles à message par toutes les mers du monde jusqu'à ce qu'elles s'échouent en Australie. Alors des gens tout petits et tout nus accourraient sur la plage et diraient dans leur verlan des antipodes que c'étaient des cheveux de sirène, **veuxche de nerèsi.**

J'appliquai à Mummi son propre mot et lui dis que c'étaient des conneries – les sirènes n'avaient pas de nattes et n'habitaient pas l'Australie. Mummi dit que les sirènes avec des tresses étaient au contraire très communes et que j'en savais rien, si elles pouvaient pas tout aussi bien habiter en Australie qu'à Copenhague.

Pendant que nous discutions, de petites vagues vinrent bercer les nattes qui se mirent à décrire de lentes courbes et les rubans avec. Mummi dit *vers de terre*. Je fis *beurk* et leur lançai pierre sur pierre. L'une des tresses mit un temps anormal à s'enfoncer complètement. Je dis : C'est pas trop tôt! quand elle finit par disparaître de la surface.

Nous nous assîmes serrés l'un contre l'autre sur une pierre et regardâmes les vagues qui berceraient les tresses jusqu'au fond de la mer. Mummi pensait qu'on devrait peut-être chanter un psaume, comme quand on enterre les petits oiseaux dans les livres pour enfants, et nous chantâmes *Dieu m'a donné des oreilles pour que je puisse entendre, Dieu m'a donné des yeux pour que je puisse voir.* Mummi voulait aussi chanter *Ô Jésus, meilleur des frères et ami des enfants*, mais je lui dis qu'on ne pouvait chanter qu'un seul air.

Halla, à la crèmerie, était notre soutien dans la vie, à Mummi et à moi, aux heures d'ouverture. Elle ne posait pas de questions et était de bon conseil pour les rares choses qui nous dépassaient. Ça pouvait être, par exemple, un chat miaulant bloqué en haut de l'arbre-sandwich ou bien Mummi avec une entaille exceptionnelle qu'il fallait recoudre, à la suite de quelque chute. Halla appelait alors la police au secours du chat et la Culottée pour conduire Mummi aux urgences.

(On n'arrivait jamais à joindre Haraldur ni Ragnhildur, de sorte que Mummi et moi inventions des salades, disant que nos parents séchaient leur boulot tant et plus pour s'en aller à Hafnarfjördur en voiture en balade dominicale tous les jours de la semaine, avec arrêt au jardin de la grotte, à moins qu'ils ne soient sortis de la ville pour aller à Kjós ou pour faire le circuit touristique de Thingvellir en emportant des milk-shakes au caramel de chez Dairy Queen.)

Ce fut par un jour de sale temps, alors que Mummi et moi achetions le lait caillé que Ragnhildur prenait au petit déjeuner pour ne pas avoir mal au cœur à cause du café, que Halla laissa échapper en me rendant la monnaie :

Tu n'as vraiment rien d'un *cheval soleil*, ma petite.

Je ne compris pas ce que cela voulait dire, si c'était un dicton ou quoi, comme on en trouve dans les œufs de Pâques, mais je trouvai plutôt navrant de ne pouvoir être appelée cheval soleil et cela me fit pleurer deux soirs de suite. Mummi, spécialiste en surnoms, me transforma en pouliche soleil.

Je mourais d'envie de demander à Halla de quelle créature elle voulait parler, s'il y avait quelque chose de triste à ce sujet, mais je n'osais pas lui poser la question. Je déduisis plutôt de cette nouvelle de mauvais augure qu'un cheval soleil devait être une sorte de monture de gala qui avait le droit de rester à l'écurie par mauvais temps et qu'on ne laissait sortir que par grand soleil. Mais pourquoi m'associer à une négation de cheval soleil ? Pendant un temps j'eus l'intention de poser la question à Haraldur, mais il y avait le risque qu'il vît le rapport entre le cheval et moi. Il n'était pas sûr que ça lui ferait plaisir.

Le dernier recours à propos du cheval soleil était Nellí de Grettisgata. Elle n'était pas née de la dernière pluie, puisqu'elle savait tout du double travail et des péchés capitaux. De plus, elle n'était pas du genre à se laisser démonter par des questions bizarres comme notre prof de cuisine aux paupières tombantes. (À chaque cours, celle-ci disait à l'un de nous : En voilà une question bizarre, et finalement Lisa ne la désigna plus que par ces deux mots.)

Je me fortifiai pour entreprendre le voyage à Grettisgata en me disant que cela ferait sûrement plaisir à Nellí d'avoir la visite d'une petite fille, même si ce n'était que moi et pas la sienne, qu'on avait prise et emmenée quelque part, dont elle ne savait trop rien où c'était.

Il y avait eu des changements chez Nellí. Elle avait peint en vert clair le bout de lambris dans le coin de la cuisinière. La grande déchirure du lino avait presque disparu sous une carpette noire. Sur le lit, il y avait une couverture marron foncé, trop longue, qui touchait le plancher. Quelqu'un avait dû la lui donner car elle était si pauvre qu'elle ne pouvait rien acheter. Peut-être avait-elle des tantes qui lui faisaient don d'une couverture de mauvaise dimension, celle-ci ne pouvant guère provenir du comité d'aide aux mères du fait que Nellí ne figurait plus au nombre des mères.

Nellí avait accroché de nouveaux rideaux bleus à carreaux et la nappe sur la table était du même tissu. Tout cela était si impeccablement empesé et repassé que je mourais d'envie de lui demander comment elle s'y prenait exactement. Mais ça ne valait pas le coup car elle était drôlement curieuse, à en juger par ses questions sur le gigot du dimanche et sur l'identité de Haraldur et Ragnhildur. Elle finirait par se douter que c'était moi qui lavais le linge à la maison – ce qui semblait relever de l'exception à l'école du centre. Les filles passaient tant de temps à la piscine le samedi que je ne voyais pas comment elles auraient pu faire aussi la lessive le même jour.

Sur la nouvelle nappe de Nellí il y avait une boîte en carton et des bouts de tissu brillant bleu clair. Elle y avait brodé en bleu foncé les lettres DÓR et l'aiguille était piquée dans le *r*. Elle s'appelait donc Dór, la chère enfant de la photo, dont les braves gens ne couperaient pas les tresses. Et la maman allait recouvrir la boîte du tissu bleu clair et la faire parvenir à son enfant, où que celle-ci puisse être.

À côté de la boîte, il y avait un ex-pot de confiture contenant un bouquet de cardamines des prés, de pissenlits et de graminées. C'était le genre de fleurs que Magda était capable de cueillir et de disposer dans un vase. Après son départ, les vases à fleurs de Sjafnargata servirent principalement à recueillir des élastiques et des épingles de sûreté. Il serait tout indiqué d'en prendre un pour le donner à Nellí.

Je ne comprenais pas pourquoi Nellí portait sa robe du dimanche et lui demandai si elle allait à un enterrement.

Elle me lança un regard rapide : Quelque chose comme ça.

J'avais posé une question si absurde que mon visage s'empourpra de honte.

Mais Nellí ne m'en voulut pas et me caressa la joue : J'espérais que tu viendrais, ma petite.

Elle avait préparé du chocolat chaud, de la crème fouettée et des crêpes. Il était évident qu'elle n'avait pas seulement des yeux derrière la tête, mais un sixième sens comme le médium du logis, puisqu'elle s'attendait à me voir.

Elle enleva de la table la boîte en carton, le tissu bleu avec le nom DÓR brodé dessus, les ciseaux et le fil bleu foncé et les posa sur la nouvelle couverture du lit. Il n'y avait pas d'autre endroit où poser les choses. Puis elle mit le couvert pour nous deux, allant jusqu'à disposer des serviettes.

Je mangeai cinq crêpes et bus deux tasses de chocolat. Après ça, j'étais tout engourdie et pouvais à peine parler alors qu'il m'incombait de dire quelque chose de spécial à la femme qui avait préparé une fête pour moi toute seule et qui avait l'infortune d'avoir brouté de l'herbe au cours d'une crise et d'avoir une fillette qu'on lui avait retirée alors qu'elle était pourtant bien dodue.

Une fois au pied du mur, je ne pouvais avoir la bêtise de demander à Nellí quels étaient les chevaux soleil et quels étaient ceux qui ne l'étaient pas. Nellí penserait que mon Quotient intellectuel était bas. Il pouvait sûrement l'être chez les enfants, bien que je n'eusse entendu parler de quotient intellectuel bas que chez les adultes. Il en était question à propos des parents d'enfants malades dans le service de Ragnhildur. On ne pouvait renvoyer les enfants chez eux avant qu'ils ne fussent bien rétablis s'ils avaient été gravement malades et si le quotient intellectuel bas dans leur foyer risquait d'entraîner une prise de médicaments erratique, compromettant leur rétablissement.

Ce que je finis par dire à Nellí était presque aussi bête que le cheval soleil, mais j'y allai de bon cœur dans l'espoir de lui faire plaisir : Vous avez fini d'être soûle, dis-je.

Oui, fit Nellí, souriante.

Je savais qu'elle était édentée, mais cela me fit tout de même quelque chose de voir ces quatre dents. Ce n'était pas juste non plus que les gens soient pauvres au point de n'avoir pas même les moyens de se payer de fausses dents. Ragnhildur était très contre la pauvreté et je trouvais qu'elle avait raison.

C'est fini, dit Nellí, souriant encore plus.

Elle n'était donc plus bien contente de ne pas être née. C'était le bonheur comme à la bibliothèque municipale, quand on a triomphé d'une terrible adversité – bien que celle-ci n'allât pas jusqu'à faire brouter de l'herbe aux malheureuses comme des bêtes –, et les histoires de ce genre finissaient bien chaque fois qu'on les lisait, même si elles avaient mal commencé et que les perspectives d'avenir aient pu paraître franchement sombres à tel ou tel moment.

À présent, Nellí pourrait récupérer Dór, puisqu'elle n'était plus soûle et elle pourrait sûrement lui trouver un papa si besoin était. Dór serait bien chez sa maman, même si celle-ci était fauchée dans une seule pièce qui faisait penser à une remise propre et plutôt vide avec cuisinière, car cette maman-là caressait la joue et enseignait à sa fille le double travail avec péché capital qu'il lui faudrait éviter quand elle se mettrait en ménage. Elle avait même une photo de sa fille sur la table. À Sjafnargata, il n'y avait aucune photo de moi ni de Mummi. Si j'avais un jour une petite fille quand je serais grande, j'aurais une photo d'elle sur ma table pour qu'elle puisse s'y asseoir et mesurer à quel point ses tresses se sont allongées depuis que la photo a été prise.

Lorsque je pris congé de Nellí en la remerciant, elle me pria de ne pas revenir le lendemain, ni le jour, ni la semaine d'après, car elle ne serait pas chez elle.

Je ne veux pas que tu viennes me voir quand je ne suis pas là.

C'est comme ça qu'elle l'a dit.

Elle me serra la main, m'embrassa sur la joue et dit que j'étais une petite fille particulièrement gentille.

Quand je rentrai à la maison, je n'avais jamais été de si bonne humeur depuis l'époque de Magda. Quelqu'un avait dit que j'étais une petite fille particulièrement gentille – peu importait que cette personne eût un surnom idiot – et m'avait gavée de crêpes et de chocolat chaud sans que ce fût l'anniversaire de personne. Le mien moins que tout autre. Car on ne fêtait plus mon anniversaire depuis le départ de Magda. Pourtant, je reçus un cadeau pour mes huit ans : la pendule aux petits Tyroliens que Haraldur avait achetée en Suisse.

C'est qu'ils étaient honteusement dans la lune, ceux-là mêmes qui s'intitulaient papa et maman, ceux que les enfants appelaient Haraldur et Ragnhildur ou bien les Époux. On ne comprend pas comment ils ont pu traverser la vie – et ce, en Cadillac, dont ils ignorèrent toujours le gabarit – sans y laisser leur peau. Ils brûlaient les feux rouges, fonçaient en sens interdit et cabossaient des voitures en stationnement par toute la ville sans s'en apercevoir.

Haraldur et Ragnhildur ne remarquaient pas non plus l'endroit où le terrain plat faisait place à des marches ou à un bord de trottoir. Ils trébuchaient en montant ou en descendant selon le dénivellement. Ils passaient leur temps à se mettre du sparadrap l'un à l'autre. Sparadrap-compresses-alcool-à-brûler et ciseaux étaient les seules choses qu'on savait à coup sûr où trouver à Sjafnargata. Ça tombait bien quand il fallait que je mette un pansement sur les blessures de Mummi.

Les Époux s'enfermaient dehors sans leur clef chaque semaine et en étaient aussi surpris à chaque fois. Je les imaginais, les yeux écarquillés de stupéfaction, debout devant la porte d'entrée verrouillée, sans la moindre clef pour l'ouvrir.

Le seul moyen d'entrer dans la maison était alors par la fenêtre de ma chambre, mais elle était trop étroite pour le passage d'un adulte. On pouvait y introduire, tête première, des enfants suffisamment petits, mais c'est que ça n'allait pas tout seul quand il s'agissait d'ouvrir aux Époux de l'intérieur.

Je ne comprends pas comment j'ai pu oublier les clefs dans la salle de bains ! (Qu'est-ce que les clefs pouvaient bien faire dans la salle de bains, il ne me viendrait jamais à l'idée de les y emporter.)

Il arrivait aux Époux d'être en si mauvaise posture qu'il leur fallait frapper à la porte de la classe pour me soutirer la clef de la porte d'entrée. À la suite de quoi, ils m'enfermaient dehors, bien entendu. Il fallait alors que je m'introduise dans ma chambre par la fenêtre. Après la poussée de mes seins, cela n'alla plus. Je fus alors obligée de grimper sur le balcon, en proie au vertige, pour entrer par effraction chez moi.

Haraldur et Ragnhildur erraient à travers la maison, par les huit pièces, cuisine et salle de bains, dans une incessante recherche, mais toujours aussi gentils. N'élevant jamais la voix quel que fût le besoin pressant qu'ils avaient de l'Objet manquant. Je crois encore entendre comme une incantation bouddhique : OMM, où sont passées mes pantoufles... OMM... y a plus d'papier hygiénique... OMM, avez-vous vu mes lunettes pour sortir. Oui OMM. Lunettes lunettes lunettes.

Ils se dérangeaient l'un l'autre sans arrêt. C'était leur mode de communication.

Est-ce toi, maman, qui as pris l'article sur la méningite B que j'étais en train de photocopier ?

Non, je ne l'ai pas vu, papa, mais ça fait un moment que je cherche le livre du baron von Schrenck, où il parle si bien de l'ectoplasme et de sa matérialisation éphémère. C'est pas toi qui l'aurais pris ?

As-tu vu l'annuaire qui était sur la table de coin du salon vert hier soir vers neuf heures ?

Tu le mets d'habitude dans le tiroir du haut de la grande commode en bas dans le couloir, tu ne te rappelles pas... te rappelles pas... rappelles pas... pas...

Les Époux roucoulaient entre eux doucement, comme des amants d'opérette entre deux airs, à propos d'objets retrouvés ou non – de lieux de trouvaille récemment trouvés, de lieux de rangement anciens et récents, de lieux de trouvaille d'objets non retrouvés et d'autres qu'on venait de retrouver. Il y avait une tonalité exaspérée dans la douceur du timbre et les problèmes qu'ils n'arrivaient pas à résoudre l'un pour l'autre étaient sempiternels. Eux qui avaient uni leurs destins un peu sur le tard, passaient leur temps à jouer au papa et à la maman, s'appelant ainsi comme s'ils s'adressaient à leurs propres parents et s'oubliant en prononçant le mot ou en l'ânonnant comme les bègues les plus endurcis : Tu es sûre, mammammmamman ? Oui, c'est moi papppppa. Papp. Pa.

Haraldur et Ragnhildur n'arrivaient pas à faire autre chose qu'errer et fouiller dans toutes les pièces, se dérangeant l'un l'autre et se portant mutuellement secours pour sortir de quelque mauvais pas qui pouvait être une fermeture éclair coincée, une réincarnation ratée ou une petite cuillère perdue, et ils se comportaient en réalité comme si Mummi et moi n'existions pas. Peut-être était-ce l'étonnement permanent d'avoir eu des enfants, à moins qu'ils n'en fussent un peu gênés. Ils étaient naturellement plutôt âgés pour en avoir, sans compter l'orchestre de mandolines dissous et les chagrins d'amour.

Je n'ai jamais su ce qui était arrivé à Haraldur, si ce n'est que sa fiancée ne mourut ni jeune ni de tuberculose, comme le poète de Ragnhildur. Je croyais que Haraldur figurait au nombre des Islandais repoussés par leur bien-aimée, jusqu'au jour où il me dit, à son heure dernière, qu'elle l'attendait dans l'au-delà.

Peu après que Haraldur eut rendu le dernier soupir, Ragnhildur ne trouva rien de mieux à faire que de me montrer le poème d'adieu, perturbant le souvenir que j'ai gardé de la fin de Haraldur. Ragnhildur, tout indifférente qu'elle soit, ne peut hélas rien laisser tranquille.

Sur la feuille jaunie datant d'une vie antérieure, il y avait le poème d'un poète en herbe. (Est-ce qu'on disait des gens qu'ils étaient ceci ou cela « en herbe » parce qu'ils étaient destinés à manger tout jeunes les pissenlits par la racine et qu'ils ne dépasseraient jamais la hauteur du gazon ?) Je pensais au regard à la Baudelaire/Poe du poète face à celui de Ragnhildur et me demandais comment ses yeux avaient dû être quand elle était jeune et je voyais le doux tapis de mousse dans le champ de lave du sanatorium de Vífilsstadir où le jeune homme condamné se reposait, au bout de quelques pas à peine, la tête appuyée contre l'épaule de Ragnhildur.

Bientôt rien ne nous séparera plus
hors le champ de lave vert clair
où dansent rayons et fougères.

Ta chère main me mènera
là où commencent les ombres

et rien
ne séparera plus ta main de la mienne.

J'ai recopié ces vers du poète qui mourut à l'âge de vingt-trois ans, laissant Ragnhildur âgée de vingt-deux ans affligée d'un tel désespoir qu'elle obtint les meilleures notes de sa promotion à l'école de médecine.

Haraldur et Ragnhildur ont été modelés à l'époque des CHAGRINS D'AMOUR DURABLES. C'était une épidémie qui a atteint son apogée dans la première moitié du XXe siècle, emportant la moitié du contingent d'Islandais en âge de se marier, soupirants éconduits gisant classiquement sur la lande et dans les fossés des marais.

Les chagrins d'amour entraînaient une **mort rapide** lorsque les prétendants repoussés mettaient aussitôt fin à leurs jours afin d'échapper à une existence interminable privés de leur seul amour. Ceux qui n'arrivaient pas à prendre une telle décision, aussi grave qu'irréversible, succombaient à une mort spirituelle et devenaient malades mentaux à l'asile de Kleppur, passant leur temps à faire peur aux enfants des quartiers limitrophes en rôdant autour des arrêts d'autobus de Langholtsvegur. Les cas les plus aigus tenaient à la main un balluchon indéfinissable et, ne se contentant pas des arrêts, prenaient le bus lui-même avec leur petit ballot sans qu'on sût où ils allaient.

Les chagrins d'amour se présentaient aussi sous la forme insidieuse de maladies somatiques mortelles. Ils augmentaient la vulnérabilité des gens mal nourris et mal logés, dans le froid et l'humidité. Les chagrins d'amour, de par leur nature même, envahissaient la cage thoracique et ouvraient la voie à la tuberculose, ou alors c'était avec une virulence accrue que les bacilles s'attaquaient aux poitrines déjà touchées.

La tuberculose était elle-même source de chagrins d'amour, dont le théâtre se situait au sanatorium de Vífilsstadir, là où l'amour et la mort se donnaient si lyriquement la main. Les rares fois où Haraldur et Ragnhildur passaient une soirée entière à la maison et où il n'y avait rien à voir à la télé sur la chaîne de la base américaine, ils se racontaient des histoires d'amour et de consomption.

La plupart de ceux qui furent la proie d'un poignant chagrin d'amour sans en mourir et sans finir à l'asile passèrent une vie souffreteuse dans des pièces donnant sur vestibule avec accès aux toilettes communes ou bien enfoncés dans des sous-sols sans sanitaires, à moins qu'il n'y eût une lessiveuse dans la buanderie. Il arrivait pourtant qu'ils atteignissent un âge avancé dans une HLM avec baignoire, jouissant d'un état de santé satisfaisant dans leurs vieilles années, avec vue sur la montagne Esja de la fenêtre de la cuisine, entourés de recueils reliés de poèmes en islandais et en langues scandinaves pour alimenter le bûcher du regret, et même de tableaux abstraits de Karl Kvaran et de Gudmunda Andrésdóttir pour que le chagrin d'amour d'une vie entière ait un arrière-plan culturel qui fît référence, tout comme le chagrin d'amour à sa façon, à un avenir non figuratif.

Les endeuillés et le cercle de leurs proches n'évoquaient jamais à haute voix le chagrin d'amour ni les raisons du célibat. C'était un des principes en vigueur autour du **phénomène**. En revanche, les chuchotis allaient bon train dans les familles sur le bel homme qui avait trompé celle-ci, sur la garce qui avait repoussé celui-là. Les saboteurs de sentiments étaient cités par leur nom et jamais deux sans trois, car le bel homme et la garce n'en étaient généralement pas à leur coup d'essai.

Il était significatif, à propos du chagrin d'amour incurable, que les gens dont le look ne cassait pas des briques fussent immunisés contre lui. Cette variété de malheur à vie était réservée à ceux-là seuls qui avaient de la classe, du charme, de la force morale et un bon caractère. À peu d'exceptions près, les endeuillés de l'amour avaient été, en plus, des gens enjoués avant que le chagrin ne leur tombe dessus. Ceux qui survivaient, sans finir à l'asile, sombraient dans la déprime pour le reste de leurs jours. Mais on connaît des exemples de gens qui retrouvèrent leur bonne humeur à partir de la soixantaine, bien que cela ne changeât en rien l'évolution du chagrin d'amour durable.

Haraldur et Ragnhildur étaient des exceptions en matière de chagrin d'amour. Le phénomène avait eu raison de chacun d'eux à l'âge de vingt ans. Chacun de son côté avait pensé devoir en souffrir jusqu'à la fin de ses jours, comme le voulait la coutume. Mais ils lâchèrent le chagrin en cours de route et se contentèrent l'un de l'autre pour finir. Toute honte bue, ils eurent même enfant sur enfant – idée saugrenue à laquelle ils ne purent se faire, surtout pas Ragnhildur.

Bien que je n'aie pas été enfant (sauf peut-être avant qu'il m'en souvienne), j'ai quand même eu une jeunesse du temps où Magda était là. **Magdamamma**, comme je l'appelais avec ma logique enfantine – et Ragnhildur Ragnhildur. Celle-ci faisait semblant de ne pas entendre, et il n'est d'ailleurs pas sûr qu'elle ait entendu.

Magda me faisait me brosser les dents le soir, me bordait dans mon lit, me lisait une histoire et récitait la prière dans les deux langues ainsi qu'une strophe de bon conseil qu'elle affectionnait, composée par le pasteur-poète Hallgrímur.

Pour les cheunes, c'est pour le mieux
de craindre leur cheigneur Dieu.
De chagesse profiteront
de respect chamais ne manqueront.

Le matin, elle me peignait et me faisait des tresses qu'elle nouait de rubans le dimanche, à Noël, à Pâques et aux anniversaires. Elle veillait à ce que mes vêtements fussent propres et repassés. Elle m'apprit à mettre de l'ordre dans mes affaires, à ramasser le soir ma poupée Lolo, à rassembler les pièces du puzzle et à les remettre dans leur boîte quand j'avais fini.

Magda était susceptible de me serrer dans ses bras et Mummi aussi. À part ça, les câlins n'avaient pas cours à Sjafnargata, à moins que Haraldur et Ragnhildur ne s'y fussent adonnés en cachette.

C'était Magda qui soufflait sur le bobo en cas de chute – en présence ou en l'absence des Époux –, et c'était elle qui mettait un sparadrap dessus. Elle me regardait dans les yeux en parlant et me souriait. L'ennui c'est que ce n'était pas Ragnhildur qui me maternait. J'en concevais une frustration larvée et peut-être quelque chose qui ressemblait à du chagrin.

Magda pleurait en nous disant adieu, à Mummi et à moi, à la porte de Sjafnargata, alors que nous nous contentâmes de tourner les talons et de rentrer, comme si quelqu'un n'avait fait qu'éternuer. Nous n'attendîmes même pas pour lui faire un signe de la main lorsqu'elle se fut installée dans la Cadillac.

Je venais de fêter mes sept ans, à la fin juillet. Magda m'appelait Sommerkind et je savais que cela voulait dire enfant d'été. Mummi me surnomma Fanfan d'été et le fait encore à l'occasion.

Magda m'avait emmenée chez Thórdís, la couturière, pour mes anniversaires de cinq et six ans mais, cette fois, c'est elle qui confectionna ma robe de fête. Elle était en velours bleu avec un plastron de dentelle blanche et une ceinture recouverte. La veille du jour J, elle m'emmena à la boutique Vogue choisir des rubans pour mes nattes. Je pointai du doigt des rubans violets et Magda me félicita d'avoir trouvé la plus jolie couleur assortie à la robe neuve. J'eus ce jour-là le sentiment d'être une jeune fille accomplie, d'avoir si bien su choisir mes rubans.

Toutes sortes de vêtements et d'objets provenant de Magda nous vinrent en aide les premiers temps après son départ. J'avais la robe bleue d'anniversaire et le pull-over rouge à boutons d'argent, Mummi avait un bonnet vert à pompon et une écharpe rayée aux couleurs de l'arc-en-ciel qu'elle avait tricotés. Et puis il y avait les livres qu'elle nous refilait en douce, comme *Fifi Brindacier*.

Mais ces mémentos eurent tôt fait de se perdre et de se dégrader. Tout ce qui ne disparaissait pas totalement à Sjafnargata était immédiatement troué : pull-overs, taies d'oreiller, moufles. Si c'était un livre, il se détachait de sa reliure. Ribouldingue et

Filochard continuèrent certes d'exister, mais en trois fascicules séparés, le début, le milieu et la fin, qui ne voulaient pas rester ensemble dans la même pièce une minute de plus.

Toutes les choses, entières ou réduites de moitié, s'en allaient à vau-l'eau en dépit de la peine que je me donnais inlassablement dans les chambres, et elles échouaient dans les oubliettes de Sjafnargata par les bons offices de Haraldur et de Ragnhildur (avec l'aide de Mummi). Ils déplaçaient les choses, petites et grandes, d'une pièce à l'autre selon un schéma invisible sur lequel je me penchai scientifiquement lorsque j'eus un petit ami et me lançai à la recherche d'objets tels qu'annuaire ou lunettes, d'un étage à l'autre, à travers toute la maison, sans jamais repérer leur cheminement ni trouver le fin mot de leur disparition. Ils étaient imprévisibles.

Du temps de Magda, le jardin était un domaine enchanté. On pouvait, par exemple, y attraper des mouches à la course et les métamorphoser en prince, en sorcière, en Belle au bois dormant. Entre-temps, on pouvait rester couché sur le dos et avaler une goulée de soleil ou déchiffrer l'image d'un drôle de nuage.

La vie dans le jardin n'était cependant pas que danse sur les roses, car il fallait surveiller la toute petite, la poupée Lolo, et la réprimander quand elle faisait des bêtises : Enfin tout de même, Lolo ! Voire : Lolo Haraldsdóttir ! En agitant le doigt.

Magdamamma venait parfois me rejoindre au jardin. Elle ne disait pas grand-chose, mais elle souriait et n'était pas pressée. S'il n'y avait pas de nuages au ciel et pas de bourrasque dans l'arbre, elle m'apportait un verre de lait et une tartine à la confiture de rhubarbe, qu'elle avait faite elle-même. Une fois, elle vint boire son café dans le jardin et nous nous adossâmes à l'arbre-sandwich, qui m'adopta après son départ. Je sais que c'était un jour de juillet et que Magda faisait un gâteau pour mon avant-dernier anniversaire. Elle me donna à goûter une cuillerée de la tarte allemande effondrée qui s'appelait tarte sablée et ce jour-là ainsi que quelques autres, comme les jours de pot-au-feu-de-Haraldur par exemple, et tout particulièrement les petits matins avant le lever du jour avec mon amoureux, firent en sorte que je me débrouillai tant bien que mal pour exister, à peu près à mon image, jusqu'à aujourd'hui.

Ce que j'appelle mon image, c'est la photo que mon amoureux a prise de moi au bord de la mer. Le visage aux yeux que tu qualifiais de « belles mirettes » et l'océan au fond, avec un ciel troublé. J'ai toujours la photo dans mon portefeuille, où que j'aille, comme si c'était mon bien-aimé et qu'il fût mort, en plus. C'est que je tiens à m'avoir sur moi telle que je suis. Telle que tu m'as vue, et tu es le seul à m'avoir vue telle que je suis ou telle que je pourrais être.

Je n'ai donc jamais été telle que je suis, sauf un temps après mon émergence de la gousse moisie de l'enfance. Avant que la vie elle-même ne s'abatte sur moi avec les gardes de nuit au service des mourants et la maison avec mes filles et tout. Ce temps-là, où je fus moi, fut le temps avec toi et ce fut toi qui me fis à mon image. Cette image de moi au bord de la mer est toujours dans mon portefeuille. Afin que je puisse la sortir en vitesse pour voir qui j'étais telle que je suis, qui je pourrais être.

Lorsque nous avons commencé à déambuler ensemble par le jardin du kiosque à musique, le boulevard circulaire – et ce au mois de janvier – jusqu'au bord de mer tout à l'ouest, à Sörlaskjól et même jusqu'à la Pointe, alors j'ai été heureuse. J'ai compris que c'était une sorte de bonheur d'adulte, sorti tout droit de la bibliothèque municipale ou de certains livres de la pièce aux livres.

Toute cette félicité, main dans la main, bouche à bouche, avec ton beau regard et ton sourire sur moi, était si grande et si nouvelle que je fus atteinte de torpeur et de faiblesse et me mis à me blottir sous l'édredon en position fœtale dès que j'avais une minute à moi. Je m'allongeais dans la journée, souvent avec un livre sur lequel je m'endormais immédiatement. Je me mis à me coucher à huit heures, dès le retour de nos promenades. Le week-end, je dormais bien au-delà de midi.

De pair avec cet alitement prolongé dans une félicité inattendue, me vint l'appétit de manger, que je m'employai à assouvir. Il m'arriva même de préparer pour Mummi et moi des plats que j'avais appris à faire dans la sombre cuisine de l'école du centre, sous la férule de la prof d'arts ménagers aux paupières tombantes (celle qui trouvait que les questions posées par les gosses, sur la liaison de la farine et de l'eau, par exemple, étaient des questions bizarres).

Le sommeil et la nourriture entraînèrent la poussée de mes seins, pas bien gros mais suffisamment charnus pour mériter ce nom. Cet accroissement de ma personne se produisit si soudainement que je ne pus m'y adapter aussitôt. Je considérai mes seins en quelque sorte comme des corps étrangers sur lesquels je posais les yeux avec un étonnement nuancé d'affection en m'habillant ou me déshabillant.

Au lieu de pétrir comme un gamin ces petites bêtes fraîchement écloses, tu posas sur elles une main virile et protectrice, et ce fut une bonne action.

Outre les seins, j'avais maintenant des yeux pas comme tout le monde, des yeux de chatte, gris-vert. J'avais des mains et même des ongles pas comme tout le monde. Tu as dit que ces yeux étaient uniques et ces mains aussi et tu regardais dans mes yeux et tu tenais mes mains dans les tiennes en disant les mots qui m'ont fait devenir moi, à mon image.

Ce qu'il y avait de bien avec mon amoureux, ce n'était pas seulement le fait que j'endosse mon image et devienne moi-même, c'était aussi le fait que je puisse sortir de moi, car jusque-là je n'avais pas bougé d'un pouce dans le dédale des pièces. Dès l'instant où je pris conscience de moi avec des mains et des yeux, je me rapprochai de toi tout en me distanciant de moi-même au gré des errances de nos promenades, et ce qui existait de moi assuma des contours. Avant toi, je n'étais qu'une enfant nébuleuse à moitié perdue dans le paysage des trois cent soixante mètres carrés de Sjafnargata.

Mon amoureux ne me donna pas seulement de belles mirettes et des mains qui ressemblaient à quelque chose, il me donna aussi mon nom, Lí, symbole venu de l'Orient. Je survécus à ma re-naissance dans mon symbole, et c'est ce qui est au cœur de moi et que personne ne connaît, pas même Mummi.

Je n'ai pas trouvé de nouveau nom pour toi, mais c'était tout comme, en fait, en t'appelant toujours par ton nom de baptême, qui est empreint d'une telle solennité qu'on ne le trouve même pas dans le journal du matin. Telle était la rigueur de la politesse et de l'étiquette entre nous, tant pour les questions délicates que pour celles qui ne l'étaient pas.

Mon amoureux élabora les RÈGLES de l'ÉTIQUETTE à la piscine couverte. Il traînait si longtemps à la douche que j'étais sûre d'être dans l'eau avant lui et d'échapper à la gêne de me trouver sous ses yeux au bord du bassin, avec mon buste allongé et l'ébauche manifeste de mes seins.

Puis nous nagions ensemble plusieurs longueurs de bassin, quelquefois sous l'eau, en nous tenant par la main et en échangeant de petits baisers et tu prenais garde à ne pas effleurer mes seins, ni à les regarder, même s'il n'y aurait pas eu d'opposition de ma part. Quand nous avions fini de nager, ton bras enlaçait légèrement ma taille et tu déposais un baiser sur ma joue (veillant à ce que personne ne regarde) en chuchotant ces mots : *je vais sortir de l'eau.*

Je chuchotais alors en retour : OK, je vais juste nager une longueur de plus.

Et tu sortais de l'eau et moi, je nageais une longueur de plus, échappant à la gêne d'être au bord du bassin sous tes yeux.

Il en fut dès lors toujours ainsi. Quand tu passais le bras autour de ma taille et posais un baiser sur ma joue, c'est que tu allais sortir de l'eau. Mais tu continuas de me le chuchoter à l'oreille, à tout hasard. Tu mettais le plus grand soin à faire tout bien, à ne jamais m'effaroucher, à ne jamais me faire sursauter, surtout pas en sortant du bassin sans préliminaires.

Dans nos longues sorties au cours des derniers mois d'hiver, le FROID m'envahissait. Ma veste était trop mince et j'avais tellement grandi qu'elle m'arrivait tout juste à la taille. Mon amoureux qui n'était pas frileux me prêtait son écharpe et parfois sa parka.

Un jour de mars où la bise était cinglante, du côté de l'église libre, au bord du lac, c'en fut trop pour mon amoureux. Il enfreignit même la règle, car nous n'avions pas coutume de parler sans ambages de choses personnelles comme des parkas.

Il te faut une bonne parka.

Hein, fis-je.

Tu me considéras gravement, comme s'il était question de me congédier.

Il faut que tu demandes une parka à ta mère. Et des bottines en caoutchouc.

Pas à Ragnhildur, m'exclamai-je.

À ton père, alors.

C'était une suggestion paralysante qui me laissa sans voix.

Le lendemain, sur la place de Hólatorg : Est-ce que tu as demandé une parka à ton père?

Je ne l'ai pas vu et il fait si beau aujourd'hui.

Alors, tu t'assombris : Il ne fera pas toujours beau. Que dirais-tu de lui demander une parka la prochaine fois que tu le verras, ou de lui téléphoner à son travail?

Lui téléphoner? Il n'a aucune idée du prix d'une parka et il peut y avoir des gens à l'agonie près de lui.

Comble de malchance, c'était à une heure où les boutiques étaient ouvertes et tu as mis le cap sur le centre-ville. Nous sommes allés chez Geysir, chez Faco, à Karnabær, avant de remonter jusqu'au Magasin des Scouts. C'est toi qui avais la parole.

Combien coûte cette parka ? Et celle-là ?

Non content d'avoir la parole, c'est toi qui me fis enfiler les vêtements qui te plaisaient. Chez Faco et à Karnabær, il n'y avait rien à glaner. « Totalement débiles » furent tes mots pour qualifier les fringues de peu de poids.

Au Magasin des Scouts, tu choisis pour moi une parka bien couvrante avec capuche, de couleur gris-bleu. Tu dis qu'elle me tiendrait chaud et que la couleur allait bien avec mes belles mirettes.

Le vendeur proposa de la mettre de côté. Il était en uniforme et c'est depuis ce temps-là que j'ai du respect pour le scoutisme. J'ai même essayé de faire de mes filles des éclaireuses, mais elles avaient d'autres idées sur la façon d'employer leurs loisirs.

Je répétai une journée entière et appris le rôle par cœur avec l'intonation juste :

Haraldur, je vais être obligée de te demander des sous ; ma vieille veste est devenue trop petite et elle n'est pas bien chaude.

C'est ennuyeux, que dit maman ?

Ben… c'est que je suis tombée sur une parka si chouette que je l'ai fait mettre de côté jusqu'à demain.

Il ne faut pas la laisser passer. Elle coûte combien ?

Et Haraldur ouvrit le tiroir de son bureau pour en sortir l'argent.

Voilà. Profites-en bien et garde la monnaie.

Le tout accompagné d'un de ses sourires aussi brefs qu'éclatants, dont il avait le secret. Avec ce qu'on me rendit je m'achetai du shampoing qui sentait particulièrement bon ainsi qu'une bombe de laque pour faciliter le crêpage de mes cheveux.

Tout ce qui se passait entre mon amoureux et moi était POUR DE BON et pris au sérieux. Nous ne nous embrassions pas avec fougue mais avec concentration et sérieux car il s'agissait d'embrasser comme il faut. Nos caresses n'étaient ni négligentes ni bâclées. Entre nous, rien n'était précipité ni mal à propos, pas une parole, pas une expression. Nous nous appliquions totalement au fait d'être ensemble.

Moi qui passe mes gardes à soulager des mourants, je ne suis guère confrontée dans mon travail à des tâches que je prenne plus au sérieux que nos promenades main dans la main le long du bord de mer. Mon amoureux prenait au sérieux tout ce que je disais, tout était médité et discuté dans les moindres détails. Toutes les petites choses devenaient grandes à nos yeux. La moindre nuance de formulation pouvait déclencher un échange dialectique d'une demi-journée.

Pendant ces mois où nous avons été ensemble, je ne m'appliquais pas seulement pour toi mais aussi pour moi-même. L'odeur du shampoing tirait à conséquence parce que mon amoureux aurait à s'accommoder de son odeur. Le repassage de ma blouse n'était pas innocent non plus, car mon amoureux souffrirait des faux plis. Quelque part se cachait la pensée qu'une tache ou une froissure pourrait l'éloigner. Quand nous en étions au début de nos promenades, il m'était arrivé de porter un vêtement déchiré. J'en avais d'autant plus honte que je me remémorais le dicton qui figurait souvent dans les albums de souvenirs des filles de ma classe : pas de garçon pour la fille en guenille.

NOUS VÉCÛMES ENSEMBLE UN PEU PARTOUT toi et moi, ce printemps-là. Principalement au rez-de-chaussée de Kvisthagi. Il y avait là deux pièces qui ouvraient sur un jardin planté de conifères. Le portillon donnait sur un sentier menant à la mer, comme dans le roman de Laxness, *Les Annales de Brekkukot*. Il y est dit que le vieux Björn et son petit-fils Álfgrímur allaient pêcher en mer et que lorsque l'enfant serait devenu grand, il se trouverait à son tour un petit garçon, comme l'avait fait son grand-père – un petit garçon qui viendrait pêcher le lompe avec lui quand le printemps n'existe encore que dans l'esprit de Dieu, tout comme les enfants à naître.

Nous pénétrions par la pensée dans les appartements sous les toits de Blómvallagata, avec vue sur le cimetière à nos pieds, peuplé l'été de jeunes filles en tenue légère occupées à désherber les demeures de ces innocents gens de bien, que l'on fait de nous, une fois que nous sommes morts.

Nous entrions par la pensée dans des maisons en bois isolées, généralement à deux niveaux. Notre maison de Njálsgata était étroite avec un toit d'un bleu éclatant, de la couleur d'un ciel du soir tombant dans l'hémisphère Sud. Un arbre unique emplissait le jardin et obstruait la vue de trois fenêtres. J'aurais aimé habiter avec toi dans cette maison et ne voir, l'été venu, qu'un mur de feuillage au-dehors.

Nous étions seuls dans les maisons et il n'y avait pas d'enfant avec nous. Ou bien il n'y en aurait jamais, ou bien on était encore loin du compte. Dans les recoins de ma pensée, il y avait pourtant un petit garçon long et mince, aux cheveux si clairs qu'ils en étaient phosphorescents. Il avait de beaux yeux et ressemblait, Dieu merci, plus à son papa qu'à moi.

Au début de notre temps nouveau, nous marcherons par les rues qui s'appellent toujours boulevard circulaire, rue du Bouton-d'Or – assez longuement, j'espère, pour que nos ombres commencent à s'allonger. Nous pourrons alors poursuivre notre marche, côte à côte, en passant par le Sentier de l'Hôpital et Bergstadastræti, jusqu'au bout de la nuit.

Dans nos nouvelles promenades, je te mènerai à la rue que j'évitais toujours jadis, Grettisgata – ce qui ne t'avait pas échappé car tu me demandas : Pourquoi? Et je t'ai dit : Parce que, et tu as dit alors : Ce n'est pas une réponse, et je ne t'ai pas répondu.

Le jour suivant les cinq crêpes et les deux tasses de chocolat chez Nellí de Grettisgata, je passai en revue le salon vert, la salle à manger et la bibliothèque et choisis un vase pour Nellí, pour qu'elle n'ait plus besoin de mettre ses fleurs dans un vieux pot de confiture. Je pris le petit vase violet qui était dans la bibliothèque. Il était ventru et s'évasait au bout d'un col étroit – il y avait peu de chances que les Époux déplorent sa disparition car il ne pouvait servir à recueillir ni épingles de sûreté ni élastiques.

J'enfonçai le vase dans mon cartable et partis en expédition. Nellí avait, en fait, découragé les visites car elle ne serait pas chez elle cette semaine-là, mais je devais être à peu près sûre de la trouver, puisque je me mis aussitôt en route.

Dans la cour devant chez Nellí il y avait un grouillement de grives piaillantes. Ces oiseaux agités étaient loin d'être accueillants et j'aurais préféré m'enfuir. Mais je me forçai à avancer pas à pas jusqu'à la porte, le souffle court malgré ma lenteur.

Les nouveaux rideaux à carreaux bleus de Nellí masquaient la fenêtre. Je frappai malgré tout, et même deux fois, m'attardant devant la porte faussée. Les grives s'envolèrent tout à coup pour se percher sur les cordes à linge où elles reprirent leur tapage à rendre fou.

Nellí devait être partie puisque les rideaux étaient tirés et que personne ne venait à la porte. Pourvu qu'elle n'ait pas oublié de verrouiller. Je saisis la poignée pour m'en assurer. La porte s'ouvrit et la pénombre se déchira.

J'eus peur et refermai aussitôt. Mes jambes ne répondirent pas à l'appel quand je leur intimai l'ordre de partir en courant et je restai donc plantée à la porte.

J'avais senti une odeur bizarre en ouvrant. Peut-être un chat s'était-il introduit dans la maison et y avait-il fait ses besoins. Il faudrait alors nettoyer et il n'y avait personne pour le faire, sauf moi. Ou peut-être Nellí gisait-elle là en proie à la colique, au cas où elle se serait remise à brouter de l'herbe, abandonnée là sans secours, en **Personne isolée** qu'elle était bel et bien car Halla, à la crèmerie, avait sermonné les gamins pour avoir fait des misères à cette personne seule. Personne ne s'inquiéterait d'elle si je ne le faisais pas, maintenant qu'on avait retiré Dór.

Il me vint à l'esprit d'aller chercher Halla mais, bien sûr, c'était con – comme aurait dit Mummi – car, tout bien réfléchi, c'était impossible pour elle de s'en aller comme ça, en laissant sa boutique.

J'étais toujours là, debout devant la porte de Nellí. Je finis par me houspiller à voix haute en persiflant : Est-ce que tu vas rester plantée là toute la journée, espèce d'idiote!

Je poussai la porte et franchis le seuil. Tout au fond de la pièce, dans le coin de la cuisinière, une masse indistincte pendait du plafond. Il me fallut sonder la pénombre un bon moment avant de voir ce que c'était. Une poupée géante revêtue de la robe de dimanche de Nellí.

Je claquai la porte derrière moi et courus dans la direction de Sjafnargata. Arrivée à mi-chemin, je changeai de cap et repris ma course vers la crèmerie, car ça ne servirait à rien d'alerter les Époux, même s'ils étaient à la maison.

Je débitai à Halla que je n'étais pas venue pour acheter quoi que ce soit, mais qu'il faudrait peut-être appeler la police parce que des petits voyoux, et sûrement Lisa, s'étaient introduits chez Nellí, la Personne isolée de Grettisgata, avaient revêtu une énorme poupée de sa robe du dimanche et l'avaient accrochée au plafond pour lui faire peur quand elle rentrerait de voyage.

Halla posa sur moi un regard incisif.

Merci de m'avoir prévenue, dit-elle.

Elle me donna un bout de pâtisserie viennoise et me dit de me dépêcher de rentrer pour que ma maman ne commence pas à s'inquiéter.

Elle ne s'inquiète jamais pour moi.

Halla ne répondit rien et la personne super-calme qu'elle était me parut avoir l'air un peu agité. Je me tirai avec mon butin, un peu frustrée de n'avoir pu bavarder avec elle ce jour-là.

Le lendemain à l'école, les gosses annoncèrent que Nellí était morte. Elle s'était pendue.

Je leur dis d'arrêter leurs conneries, que c'était une poupée habillée de sa robe du dimanche. Que Nellí était partie à la campagne.

Mais les gamins étaient bêtes et méchants et Lisa rebaptisa Nellí **Pendivrogne**. Je me mis alors à pleurer et leur dis espèces de salauds. Lisa me montra du doigt en fredonnant d'un air moqueur : **apécé apécé apécé**, jusqu'à ce que quelqu'un me fît tomber d'un coup de pied. D'autres gosses rappliquèrent et les coups de pied se mirent à pleuvoir de tous côtés, dans la tête, dans le ventre, partout.

Peu de temps après cela, un avis de décès parut dans le journal à propos d'une femme dénommée **Nellí Rósa Hjartardottir**. Les gamins disaient que c'était la Nellí de Grettisgata. C'était absurde puisqu'elle s'appelait seulement Nellí et pas Nellí Rósa. L'article disait aussi que la femme morte était une Malheureuse. Ça ne correspondait pas non plus à Nellí. C'était une Personne isolée.

« Que celui d'entre vous qui n'a jamais péché lui jette la première pierre » figurait dans cet article nécrologique. Se pouvait-il que les petits voyous aient jeté des pierres à cette Nellí Rósa qui était morte, comme ils l'avaient fait à la Nellí que je connaissais ?

Je dressai la liste des Péchés capitaux et l'accrochai au mur de ma chambre.

PÉCHÉ CAPITAL n° 1 : **Vol de tresses**

PÉCHÉ CAPITAL n° 2 : **Double Travail**

PÉCHÉ CAPITAL n° 3 : **Jet de pierres à une Personne isolée et aussi à une Malheureuse**

Je ne frappai plus jamais à la porte de la maison dans l'arrière-cour de Grettisgata. Ce n'était pas une maison pour les gens mais un taudis pour chats de gouttière. Il était certain que Nellí n'avait pas l'intention de revenir de voyage. Elle n'avait tout simplement pas voulu me le dire pour ne pas m'attrister. Il était également possible qu'une fois arrivée dans ce fjord, elle ait changé d'avis ; qu'elle ait décidé de rester là-bas, bien que ce n'eût pas été son intention au départ. Ce devait être ça, puisqu'elle n'avait pas emporté sa robe de dimanche.

Une chose au moins était sûre, c'était que Nellí avait tourné la page, comme elle disait, et que c'était fini. J'avais lu des histoires comme ça dans les livres d'adultes. C'était sûrement une soi-disant nouvelle vie qu'elle avait commencée. Peut-être avait-elle bénéficié d'une bonne réincarnation à force de saler le hareng et était-elle plus heureuse que tout ce qu'on dit dans les livres parce que sa petite fille dodue, la petite Dór, l'avait rejointe, avec ses nattes qui avaient survécu à l'exil.

J'aurais pu jurer que Nellí serait la reine des saleuses de hareng dans son fjord car elle s'y connaissait comme pas une en double travail. Quand elle toucherait sa paie, elle commencerait par acheter un lit et un édredon plus grands pour Dór, qui avait forcément grandi pendant qu'elle avait été retirée. Ce n'était pas tout : tous les soirs Nellí étalait la couette sur son enfant, qu'elle tapotait pour l'endormir, comme on fait plutôt aux bébés.

Dór avait beaucoup de choses chez sa maman dans la maison verte. Outre le nouveau lit et l'édredon neuf et le coffret recouvert de tissu bleu avec son nom brodé, DÓR, elle possédait, entre autres, quarante-trois livres d'enfant, tous avec leur couverture, deux courlis empaillés, un vélo neuf et un poisson rouge qui avait la couleur de plusieurs vernis à ongles nacrés.

Je ne pouvais m'empêcher de l'envier, surtout pour les courlis, de sorte que, par moments, je la prenais un peu en grippe. Je marmonnais alors : *Dór Porc Doryphore* et autres vilains mots qu'il me faudrait ensuite prier Dieu de me pardonner. Mais même s'il lui pardonnait, la fillette qui traitait de Porc et de Doryphore une enfant qu'on avait jadis retirée à sa mère de manière si radicale que même le lit avait suivi ne pouvait pas être suffisamment bonne.

Je souhaitais ardemment avoir une amie. Ce fut ma bonne fortune d'avoir Dór, malgré la distance qui nous séparait. (Le fait que Mummi et moi n'avions pas d'amis coulait de source; les enfants s'arrangent pour n'avoir pas d'amis quand ils ne peuvent pas en avoir.) Dór m'a suivie, avec son prénom invariable, année après année, écoutant patiemment le flot de mes paroles au téléphone.

Oui, je le savais bien qu'elle se trouverait parfois à l'étroit chez elle avec sa maman dans la petite maison verte, un salon, une chambre et la cuisine et, bien sûr, la petite mansarde, mais ce serait tout de même bien de pouvoir dormir dans la même chambre que sa maman.

Elle aurait aussi de la veine, il y aurait bien moins de risque de double travail dans un deux-pièces cuisine que dans un huit-pièces cuisine, plus salle de bains et toilettes. Il ne faudrait pas qu'elle s'imagine que c'est du tout bénef d'avoir une baignoire, car ça prend un temps fou à récurer, une grande baignoire, avec de la poudre abrasive, si on veut que ce soit bien fait et que les robinets brillent et deux grands lavabos, de quoi avoir mal aux mains à force de frotter. Et s'il n'y avait pas cette affreuse baignoire et les lavabos, on aurait du temps libre pour lire *Maman comprend tout* ou quelque chose sur les bonheurs, qu'on trouve plutôt dans les livres d'adultes.

Je disais à mon amie de ne pas regretter d'être une enfant unique. Avant d'aller à l'école le matin, ça prenait pas mal de temps de trouver des vêtements pour le petit frère, en particulier quand il faisait froid et qu'il fallait lui mettre des collants et surtout veiller à ce qu'il ne manque pas une moufle, car il pourrait se mettre à pleurer à force de souffrir d'engelures sur le chemin de la garderie et les bonnes femmes vous regardaient alors d'un air si courroucé que ça vous faisait pleurer aussi sur le chemin de l'école et l'on pouvait avoir des engelures soi-même tout en étant devenue grande comme ça.

Dór avait souvent quelque mauvais rhume quand j'entendais de ses nouvelles. Sa maman lui manifestait alors encore plus de sollicitude que d'habitude. Elle allait jusqu'à changer exprès les draps du nouveau lit quand Dór devait rester couchée et ça lui arrivait drôlement souvent. En revanche, la salaison n'attendait pas car il fallait empêcher le hareng de se perdre et gagner des sous, et Nellí ne pouvait pas prendre de congé même si Dór était alitée. Mais elle se débrouillait en général pour faire un saut à la maison à l'heure du déjeuner, avec une bouchée de chocolat fondant et une boisson au malt pour sa petite fille malade.

Par un curieux hasard, mon amoureux me mit une fois au lit, justement avec une bouchée de chocolat et une boisson maltée, en disant que j'avais de la fièvre. Cette coïncidence me fit un tel effet que je lâchai le morceau au sujet de Dór. Je me sortis aussitôt de ce mauvais pas en inventant une histoire, à ma grande stupéfaction de me voir mentir si vite. C'était une aptitude à laquelle je n'avais pas eu besoin de recourir. Un enfant de Sjafnargata n'a pas besoin de mentir ; aucun adulte ne fait attention à ce qu'il dit, que ce soit vrai ou faux.

Je sais qui c'est, la fille de Nellí, je sais qu'elle a un mari tchèque qui joue du violoncelle – mon instrument préféré –, je sais qu'ils se sont installés à l'endroit de mes rêves, dans une petite maison avec un muret de lave à Hafnarfjördur. Je dois toujours m'y rendre et maintenant ça commence à presser : il faut que je donne à Dór les dernières nouvelles de sa mère, qui avait fait une fête en mon honneur à Grettisgata et m'avait caressé la joue ; il faut que je me renseigne sur l'écrin avec son nom que sa maman avait sûrement fini de broder d'un fil bleu foncé avant de mourir. J'ai comme le sentiment que l'ouvrage n'est jamais parvenu entre les mains de l'enfant aux tresses et cela me serre parfois le cœur.

Quand arriva **la vie pour de bon**, avec mon amoureux, je cessai de parler à Dór. Je lui écrivis pourtant une lettre après avoir congédié l'amoureux et cette lettre est encore dans mon vieux bureau.

DÓR HARALDSDOTTIR
MAISON VERTE
SIGLUFJÖRDUR
ISLANDE

Chère Dór,
Je crois que nous avons le même âge et j'espère que tu as déjà ***un amoureux****, alors que moi, je n'en ai plus. J'ai rompu avec lui un beau jour au café Mokka.*

Je me fais du souci sur la façon dont je pourrais bien m'échapper de Sjafnargata, maintenant qu'il n'est plus là pour partir avec moi. On me retrouvera peut-être morte dans une des pièces et cela pourrait prendre du temps, même si on ne doit pas dire des choses comme ça.

Je souhaite que tout aille bien pour toi et j'ai confiance en ton bonheur. J'ai repoussé le mien et cela m'étonnerait que je retombe dessus avec le temps qui passe.

Ta vieille amie,
Lí

Tu es resté silencieux quand j'ai fini de dire les mots au Mokka. Je ne te regardais pas et je ne saurai jamais comment tu as réagi. Tu n'as pas fini ta tasse de café. J'ai levé les yeux au moment où tu ouvrais la porte et t'ai suivi du regard. La première fois que je t'ai revu depuis a été de dos sur le Sentier de l'Hôpital, avec ton ombre ondoyante, si proche de moi que j'ai failli en écraser le bord.

Tu quittas la ville. Je suis parfois revenue sur nos pas au plus fort de l'été, dans la ville vide après ton départ, et il ne faisait pas si chaud que ça puisque je mettais tous les jours la longue parka bleu-gris du Magasin des Scouts que tu avais choisie pour moi avec sollicitude et fermeté, comme l'aurait fait un amoureux aux cheveux gris, et non seulement tu es devenu grisonnant, mais tu es de retour pour de bon avec une bétonnière orange qui a pris racine dans ton jardin.

Tu es parti d'abord pour peu de temps, puis pour longtemps. Tu n'as jamais rien su de LA SUITE, la suite avec mes filles à Skipasund et à Copenhague, les interminables mois d'hiver de mon mariage, les veilles de nuit dans les services, le divorce, et tu n'as rien su de ma vie numéro deux à Sjafnargata avec les réparations prolongées des pièces, avec Mummi et ses amis et avec Ragnhildur. Tu me connaissais pourtant en tout temps, parce que tu n'oubliais rien – et le fait de connaître revient à ne rien oublier et à ne rien savoir d'une personne après qu'elle est devenue méconnaissable.

Nous nous connaissions totalement, parfaitement, toi et moi
comme ceux seuls
qui ont cessé de se voir
des heures et des décennies durant.
Comme ceux seuls

qui n'ont pas oublié
une minute de plus
et qui n'ont rien su
des suites
de la suite.

Je croyais, au plus profond de moi, que toutes les issues pour échapper à Sjafnargata m'étaient fermées, que je me déplacerais plus ou moins vite d'une pièce à l'autre jusqu'à ce que l'on me retrouve morte sur le plancher ou alors dans le coma. C'est pourquoi je me sentis à moitié déphasée les premiers temps à Skipasund. J'avais la sensation d'avoir déménagé de moi-même.

On dit que les femmes se chargent de se choisir un mari, mais ce ne fut pas mon cas. Le père de mes filles s'était bien mis dans la tête de m'avoir et j'étais tellement à côté de mes pompes que je me laissai faire. Il fallait bien aussi que quelqu'un me sorte de Sjafnargata. Alors autant que ce fût lui plutôt qu'un autre, et pourquoi attendre. J'avais dix-huit ans.

Un type bien, je pense. Un bon père en tout cas. Dans la torpeur crépusculaire de mes journées, je pensais parfois à lui en savoir gré, le reste n'ayant, pour ainsi dire, pas d'importance.

J'ai traversé toute cette période avec mon mari, comme ensommeillée ; je l'étais aussi avant de commencer mes gardes à l'hôpital, poussée-tirée par mes petites amies souriantes quand on s'amusait bien. Leurs mots d'enfant, leurs bras autour du cou de leur maman. J'éprouvais une joie secrète à être en mesure de leur donner quelque chose que je n'avais pas vraiment eu, à pouvoir être leur maman.

La maison parentale de mon mari était dans le quartier de Skipasund. Sa mère s'installa au sous-sol à mon arrivée, pour que le jeune couple puisse disposer du rez-de-chaussée, avec l'armoire vitrée du salon, le canapé en velours et une lampe juchée sur un grand pied. Je pris en charge les oiseaux en céramique de l'armoire vitrée et trouvai un jeté de lit pour le canapé. Je considérai le salon comme ma chambre et me lovai au creux du canapé *king size*. J'y lus *David Copperfield*, *Crime et châtiment*, *Les Orties en fleurs*, *Lumière du monde*, *Les Pierres parlent*, la saga de Gösta Berling, *Le Glacier*, entre les moments où je m'allongeais, avec les coussins au petit point en guise d'oreillers, même avant d'être enceinte.

La maman au sous-sol cuisinait pour nous un jour sur deux, faisait parfois le ménage et lavait une partie de notre linge. J'étais tellement absorbée par ce comportement inusité de la part d'une mère que la cohabitation avec son fils échappa presque à mon attention pour commencer. Avec le temps, toute cette sollicitude finit par me faire enrager. Il m'arriva alors de me ruer dehors et d'arpenter Langholtsveg Ásveg, Kambsveg, Kleppsveg et Laugarnestanga comme une bête fauve en sueur. J'allais ensuite à la piscine et au sauna pour transpirer encore plus.

Le père de mes filles faisait généralement les courses et parfois la cuisine. Il ne s'occupait pas moins de la maison que moi.

Et puis Mummi arrivait, avec une rose ou un petit quelque chose pour sa sœur, et commençait à s'activer à peine la porte franchie. Il préparait un plat compliqué en grande quantité de sorte que les restes de choix duraient jour après jour. Je finis par l'appeler Mummi Tambouille.

C'était comme si une escouade invisible s'était liguée pour m'alléger les tâches de la vie quotidienne et pour me dédommager de toutes les pièces que j'avais nettoyées dans ma vie, sans compter Mummi et la lessive.

Le renversement de situation à Skipasund me rendit exigeante et tire-au-flanc. Les gens comme moi n'ont manifestement pas l'armature nécessaire pour supporter les bons moments ; ils deviennent calculateurs à force de se soustraire aux corvées. Par exemple, je ne me levais plus de table une fois que j'y avais pris place. J'avais aussi le chic pour gâter mes filles le moins possible dès qu'elles furent capables de se débrouiller. Il apparut plus tard qu'elles en tirèrent profit, bien que ce n'eût pas été l'objectif au départ.

Skipasund était situé loin de mes souvenirs et c'était ce qu'il y avait de mieux. Je n'avais aucune réminiscence des quartiers est – et absolument aucune de promenades avec toi, car le centre-ville et les quartiers ouest en avaient été le cadre. Tous les quartiers de la Passe, avec l'île de Videy et la montagne Esja, les rues du côté de la mer et l'hôpital de Kleppur étaient pour moi la face cachée de la lune. Pour moi, c'était chaleureux d'être une femme inconnue dans des rues inconnues, à l'abri du vent du nord le plus froid. Et l'île de Videy, tout près du rivage, avec son vieux manoir lorgnant la terre de ses multiples fenêtres endeuillées. Je rêvais beaucoup de Videy. Je m'y baladais en songe avec mon amoureux.

À cette époque il n'y avait pas de moyens de communication entre l'île et la terre ferme, mais en rêve on va où l'on veut aller sans problème.

Je préférais ne pas aller au centre. Quand j'y avais affaire, la tête me tournait de me trouver à nouveau si près de la félicité que j'avais connue jadis, dans la rue, avec mon amoureux. J'étais encore jeune et c'était triste de n'être plus appelée à le rencontrer sur nos anciens itinéraires, car tu étais parti pour de bon (quoique pas encore marié à la signora Lukasson) et selon mes sources, tu ne reviendrais même pas pendant l'été. Tes parents étaient morts, la maison de la rue de l'école avait été vendue. Mais tu possédais toujours la maison de campagne de Fljótshlíd et j'étais contente de le savoir.

Quand Unnur et Ása étaient petites à Skipasund, mon bonheur consistait à les voir emmaillottées d'amour de tous côtés. Ce qui leur manquait chez moi et chez leur papa, elles le trouvaient auprès de leur grand-mère paternelle, ou même chez Haraldur, et puis il y avait Mummi.

Le plus grand morceau de bonheur était de voir mon frère s'occuper d'Unnur et d'Ása, de le voir se métamorphoser en pantin paternel et de voir les petites lui faire fête. Mes filles se tenaient bien quand il y avait du monde, mais elles se déchaînaient dans les jeux de Mummi. Elles trouvaient normal de le manipuler comme une grande poupée, avec si peu de ménagement qu'il en écopait plaies et bosses.

Je n'ai jamais vu mon frère aussi sincèrement heureux qu'à Skipasund avec ses petites nièces. J'ai eu la chance de pouvoir faire cette bonne action – avoir des enfants pour mon frère, qui n'en aurait jamais lui-même. Unnur allait jusqu'à lui ressembler, avec ses yeux bruns et son doux visage, et il en était aussi fier que si elle avait été sa fille.

Mummi avait commencé à se rendre compte, à l'époque où je déménageai de Sjafnargata, qu'il s'intéressait davantage aux garçons. Il avait bien essayé, consciencieusement, de sortir avec quelques gentilles filles – et ce, à son grand effroi (pour ne rien dire du leur). Lorsque les choses s'éclaircirent pour Mummi, je crus que Ragnhildur, contrairement à son habitude, réagirait cette fois de façon quelconque, mais c'était, bien sûr, mal la connaître.

C'est généralement une dure épreuve pour les mères de voir leur fils « tomber homo » comme disait Mummi ; à plus forte raison quand il s'agit d'un fils unique. Les mères passent alors par une phase de déni aigu et sont même disposées à patienter jusqu'à ce que cette crise sodomique se dissipe. Leur fils finira bien, comme tout le monde, par rencontrer une femme qui fera de sa maman une mamie. Elles sont comme les autres mères qui trouvent que les petits-enfants issus de leurs filles ne comptent qu'à moitié. Leur plus cher désir est que leur fils leur donne un petit-fils. Une petite-fille à la rigueur.

Ragnhildur, en revanche, a une attitude clinique face à l'homosexualité et le fait que son fils unique soit concerné ne change rien à l'affaire. Elle en parle d'un point de vue statistique et culturel, précisant le pourcentage des hommes qui sont homosexuels. À ce que l'on sache, souligne-t-elle, à ce que l'on sache, et son monologue se poursuit imperturbablement, le phénomène est connu depuis les origines et en certains lieux accepté comme allant de soi, dans la Grèce antique naturellement – mais ailleurs, il est l'objet d'énormes préjugés : aux îles Féroé, par exemple, les homosexuels sont affublés de sobriquets, ou encore, voyez les préjugés qui sévissent en Russie et en Chine, et les persécutions, et regardez un peu les sagas des Islandais et tout le mal qu'on y dit d'un homme qui est avec un autre et puis la pédérastie est purement et simplement interdite par la loi dans de nombreux pays, tsss tsss, sss et ainsssi de sssuite avec *s* aspirés. Ragnhildur est bien au-dessus des affaires personnelles et privées, bien au-dessus du fait que son fils est un homo malheureux, pour le cas où elle s'en apercevrait.

J'aurais souhaité qu'il fût un super-gay extraverti, l'attraction de Laugavegur, ou alors un homo ordinaire du genre drôle et raffiné, mais il est malheureusement un homosexuel mal dans sa peau, qui ne se sent bien qu'au milieu de lesbiennes confirmées et de femmes âgées.

C'est une de mes idées les plus irréductibles que l'homosexualité de Mummi est à mettre au compte de Ragnhildur. Que ça a eu un drôle d'effet sur l'adolescent de voir Ragnhildur cesser de travailler pour se tourner vers lui – pour lui lire le soir à haute voix et lui proposer de lui laver les cheveux. Il se peut qu'elle l'ait tellement déconcerté par ses nouvelles manières qu'il n'a pas su ou voulu se pencher sur d'autres femmes. C'est comme si la personne invraisemblale qu'est Ragnhildur était l'initiatrice et la cause des conséquences, sans avoir levé le petit doigt pour se mêler de quoi que ce soit. J'en suis venue à penser que c'est l'indifférence qui déclenche les choses bien plus que ne le ferait n'importe quelle intervention.

Ragnhildur cessa de travailler à la suite de trois séances de spiritisme dans le salon vert. Les réunions se prolongèrent au-delà de minuit et j'étais devenue insomniaque à force d'entendre les voix d'enfants morts, allant jusqu'aux vagissements de nouveau-nés. Le quatrième soir vit l'arrivée du bon Jónas, le psychiatre.

J'étais assise dans l'escalier et j'entendais la conversation dans la cuisine, chaque hmm de Ragnhildur et le sifflement assourdi de ses aspirations d'air, ssst. Ce trait était devenu notre grand numéro, à Mummi et à moi, quand nous étions ados. Mummi jouait Ragnhildur avec des sifflements dignes d'un acteur professionnel tandis que je m'évertuais à imiter le timbre distingué de Jónas.

Il me vint souvent à l'idée d'amuser mon amoureux en lui jouant cette saynète, mais c'était bien entendu trop proche du silence qui enveloppait Sjafnargata. Impossible.

Tu n'arrives pas à t'habituer à regarder les enfants malades, disait Jónas, le bon psychiatre.

Hmm.

Je pense que tu ne supportes pas de les voir mourir.

Hmm.

Je pense que tu n'as jamais pu.

Alors elle éclata en sanglots, pour la première fois et la seule, à ma connaissance.

Allons, allons, disait Jónas. Maintenant tu vas cesser de travailler, ou devenir médecin de famille et commencer une nouvelle vie.

Une nouvelle vie, sanglotait Ragnhildur. Non, autant mourir de mort subite.

Ne dis pas ça, Ragnhildur. On a besoin d'un plus grand nombre de médecins de famille.

On a besoin de moi dans le service. Je n'ai pas encore l'âge. Je ne peux pas arrêter de travailler du jour au lendemain.

Heureusement que de nouveaux pédiatres sont rentrés au pays.

Ils ne sont pas aussi bons que moi en diagnostic. Et c'est ça qui fait des ravages, un mauvais diagnostic.

Et qui fera les diagnostics quand tu seras morte, ma chère Ragnhildur ?

Aaah, fit-elle, et j'entendis l'un ou l'autre – sans que je sache lequel – se moucher en trompette.

Après cela, Ragnhildur ne tarda pas à renvoyer le médium du logis. Les vues qu'elle avait sur l'au-delà et sur le maître des lieux là-bas changèrent radicalement – un endroit pas folichon avec pas grand-chose à faire, et Dieu tout-puissant, loin d'être au-dessus de toute critique. Avant, elle voulait tout faire pour lui plaire et même le consulter aux séances de spiritisme. À présent, elle commençait à se demander ce qui avait pu passer par la tête de Dieu à propos de ci ou de ça. Cela allait si loin qu'elle se mit à ajouter : Si tant est qu'il existe.

Dieu te pardonne, maman, disait alors Haraldur.

Ragnhildur peut se vanter de n'avoir pas molli avec l'âge et continue ses diatribes à l'encontre de Dieu tout-puissant qu'elle s'est mise à appeler le super-boss, en faisant siffler les *s*.

Elle est particulièrement critique des dispositions de Dieu tout-puissant à l'égard des enfants, surtout ceux du tiers-monde. Elle trouve que la façon dont il gère leurs affaires n'est pas digne de sa divinité.

D'une manière générale, les souffrances des adultes lui paraissent insignifiantes comparées à celles des enfants – c'est l'une des opinions de Ragnhildur et c'est une opinion qu'elle partagera aussi longtemps que son inversion du jour et de la nuit la fera siéger, enveloppée de la robe de chambre à carreaux de Haraldur, dans la cuisine que j'ai fait remettre en état, avec carrelage en marbre gris d'Italie et appareils ménagers de Poggenpohl.

En dehors de Dieu, Ragnhildur se mit à critiquer avec de plus en plus de véhémence le temps et l'espace. **Non-temps** et **non-pays** étaient des néologismes qu'elle employait souvent, notamment pour situer les enfants dans le temps et l'espace. Elle faisait de longs laïus à Haraldur en fumant à la chaîne, au brave Jónas et à de bonnes dames au téléphone, sur le sort des enfants nés dans la pauvreté de l'Afrique, de l'Inde, de l'Union soviétique, dans la dèche et la mortalité infantile de l'Islande d'autrefois. Être enfant à l'époque des raids aériens, du siège de Leningrad, être enfant juif au temps de la Shoah, être enfant sous les bombes de Hiroshima, être enfant de Tsiganes.

Ragnhildur fit de tout cela une sorte de mélopée qu'elle récitait d'un bout à l'autre et d'avant en arrière avec des variantes, dans la cuisine en général. Elle trouvait dans de nouveaux pays de nouveaux groupes d'enfants qui avaient eu l'inexcusable malchance de naître inopportunément, en temps de guerre, d'extermination et de misère.

On ne choisit ni son lieu ni sa date de naissance. C'était l'un des thèmes principaux de Ragnhildur. Pour elle, la vie, et celle des enfants en particulier, devenait de ce fait une monstruosité intolérable.

Ragnhildur estimait qu'il était carrément immoral de regarder de trop près les bons côtés des choses quand les mauvais étaient si prédominants. Elle ne connaissait rien de plus bête que l'optimisme – c'était plus bête que la bêtise même. Elle citait à l'appui *Candide* de Voltaire, tant en français que dans la traduction de Laxness. Et puis elle posait et reposait sans cesse la question de savoir comment on pouvait focaliser son attention sur les bons côtés, quand les enfants du monde entier succombaient à la famine et aux maladies, alors qu'il y avait assez de nourriture et de médicaments que les hommes – pas plus que Dieu – ne se souciaient de leur apporter, et ce n'étaient pas les pauvres petits enfants qui pouvaient aller eux-mêmes chercher du secours.

Non, un homme adulte a de grandes jambes qui le portent là où il doit aller pour faire part de la situation à d'autres adultes, tandis que l'enfant a de petites jambes et ne peut absolument pas toujours expliquer aux adultes ce qui ne va pas, même s'il sait parler et s'il est au courant de ce qui cloche.

L'enfant est dépendant des adultes. Les adultes peuvent le traiter exactement comme bon leur semble et profiter de la différence de force physique et d'aptitude mentale qui les sépare. La souffrance d'un enfant est le plus inexcusable de tout ce qui est inexcusable et des millions d'enfants naissent en des lieux et des pays où rien ne les attend qu'un cortège ininterrompu de souffrances depuis l'instant où ils voient la soi-disant lumière du jour. Soi-disant. Non, je n'appelle pas ça lumière du jour. J'appelle ça la nuit noire de l'éclipse causée par les hommes.

Quand elle était dans cet état, Ragnhildur déprimait tant et si bien dans la cuisine qu'elle n'aspirait plus la fumée mais soufflait dessus en fumant à la chaîne, ce qui nous faisait reculer dans le couloir. La visibilité devenait si mauvaise qu'elle ne voyait pas qu'on était partis et le nuage du monologue enflait et s'épaississait dans la cuisine, s'insinuant dans les placards fermés et les aliments – s'il y en avait – en prenaient le goût.

Les contacts entre les Époux et moi se raréfièrent après mon installation à Skipasund. Les choses changèrent toutefois à la naissance d'Unnur car Haraldur s'avéra être un grand-père si affirmé qu'il se donna la peine de prendre la route de l'est jusqu'à Skipasund. (Il se plaignit d'ailleurs du fait qu'il était impossible de s'y reconnaître dans ce quartier – lui qui avait pourtant été interne de psychiatrie à l'hôpital de Kleppur et qui avait une sœur ayant habité longtemps dans la rue voisine. Il était capable de tourner des heures durant autour de la butte de Kleppur dans sa Cadillac à la boîte de vitesses détraquée, avant de trouver la bonne maison, après avoir confondu obstinément Efstasund et Skipasund.) Le plus souvent, il arrivait sans Ragnhildur et j'en étais soulagée. Ragnhildur est un brouilleur d'ondes ambulant, même quand elle reste assise sans rien dire.

Mais lorsqu'elle arriva, j'étais extrêmement curieuse de la voir auprès d'Unnur. Le schéma de comportement apparut aussitôt et ne changea pas par la suite, bien que je fusse toujours aussi curieuse – comme si je n'y croyais pas, comme si je pensais que ça devrait forcément changer. Ragnhildur observait sa petite-fille objectivement, comme un médecin, et c'est bien ce qu'elle était, médecin. Son objectivité était telle qu'il ne fut même pas possible de lui extorquer un diagnostic quand la santé de la petite fut en jeu.

La réaction d'Unnur et d'Ása fut, dès le début, un immense intérêt porté à Ragnhildur. Bébés, elles fixèrent son visage plus longtemps qu'aucun autre, avec des expressions bien plus variées. À l'âge où l'on rampe, elles la suivaient comme des petits chiens et se prenaient dans ses jambes, au risque de la faire tomber sur elles. Elle répondait à leur intérêt par quelques mots bien choisis à l'intention de grandes filles, même lorsqu'elles n'étaient encore que des nouveau-nées. (Cela raviva en moi le souvenir endormi de la réponse qu'elle m'avait faite quand je lui avais demandé si je devais mourir : juste s'allonger un peu. Demain sera un autre jour.)

L'interaction de Ragnhildur et de mes filles n'éveillait pas seulement ma curiosité, mais aussi de l'irritation de les voir si concernées par leur grand-mère. De voir celle qui donnait le moins recevoir le plus et être le numéro un, même pour des bébés qui ne parlaient pas encore.

Ragnhildur faisait semblant de ne rien voir quand Haraldur jouait au grand-père avec Unnur et Ása. Mais je remarquai cependant une expression que je ne lui connaissais pas, quand Haraldur expliquait la marche des corps célestes à l'aide de balles bleues, rouges et vertes à ses petites-filles de deux et quatre ans, quand Haraldur leur apprenait « Ma petite sœur Sigga... », quand

Haraldur les portait sur ses épaules, quand Haraldur leur envoyait des baisers.

Ça faisait déjà un bout de temps que je me cassais la tête sur cette nouvelle expression de Ragnhildur, lorsque la lumière se fit : ça l'énervait. En revanche, je ne voyais pas pourquoi les façons de grand-père de Haraldur lui tapaient tant sur les nerfs – ce qui n'est pas étonnant car c'est une personne opaque (sans qu'il y ait rien de trouble en elle). Il me vint à l'idée qu'elle était irritée par ses propres limites, mais c'était impossible, Ragnhildur n'était pas comme ça.

On peut en effet le plus souvent imaginer ce qu'elle n'est pas (et cela allait apparaître mieux encore à la mort de Haraldur) mais beaucoup moins ce qu'elle est. J'ai pourtant trouvé une clef de sa personne : elle est totalement elle-même. Les gens comme elle ne devraient sans doute pas avoir d'enfants, surtout quand ils sont marqués pour la vie par un chagrin d'amour universel et quand ils ont des enfants si tardivement que cela entraîne la dissolution d'un orchestre de mandolines.

Vue de l'extérieur, Ragnhildur apparaît comme l'incohérence incarnée, particulièrement en ce qui concerne ses opinions politiques. C'est d'ailleurs un des nombreux aspects de sa personnalité que je n'ai jamais compris : que pouvait bien faire dans un parti politique une personne qui se situait toujours loin en dehors de la ligne? Elle s'avéra d'ailleurs un cadeau empoisonné pour le parti conservateur.

On pouvait tout juste tabler sur le fait qu'elle était d'accord avec ses camarades de parti sur une seule chose – le merdier en Union soviétique. Le nuage de fumée qui accompagnait son monologue sur la situation là-bas ainsi que dans les États satellites était récurrent et prolongé et ce fut le plus nocif à émaner d'elle. Elle nous lisait à haute voix, à Mummi et à moi, des extraits d'articles du journal sur l'effroyable police secrète et sur les camps de travail, au point de nous faire vraiment peur. En dehors de cela, Ragnhildur ne lisait pas à haute voix, du moins pas pour ses enfants.

Bon, membre du parti conservateur et anticommuniste, ça n'avait rien d'original. Là où ça se compliquait, c'était que Ragnhildur était opposée à la base américaine en Islande. Une femme du parti conservateur hostile à la base américaine n'était pas seulement suspecte au sein de son propre parti ; dans les cercles socialo-communistes, elle passait pour dangereuse, au pire pour quelque agent double mal déguisé des impérialistes occidentaux. Les gens évitaient de lui parler au cours des marches de protestation contre la base et aux manifestations discréditant les Américains, sauf peut-être des jeunes et des femmes pas assez malines pour être sur leurs gardes. Comment aurait-on pu comprendre qu'une adversaire de la base américaine captait dans son salon les émissions de télé yankee destinées aux troupes d'occupation ? (Elle pensait, bien sûr, que la pénétration de courants culturels étrangers dans le pays n'était pas superflue et elle restait collée, pour le jazz et les westerns, à cet écran de télévision qui, avec Magda les premières années et aussi avec les livres, nous servit de nourrice, à Mummi et à moi.)

Au sein du parti conservateur, il n'y avait bien entendu pas vraiment place pour une adversaire de la base américaine, bien qu'elle fût en même temps une anticommuniste de choc. Ragnhildur avait pourtant quelques amis dans le parti. C'étaient des membres ordinaires à qui elle pouvait parler, sans dire pour autant que ce fût en toute fraternité. Les cadres du parti et autres personnalités prenaient leurs jambes à leur cou lorsqu'elle faisait son apparition aux congrès nationaux et ailleurs. *Morgunbladid*, le journal conservateur, refusait de publier ses articles et elle ne voulait pas les proposer au journal de la gauche.

Ragnhildur eut toutefois ses entrées à la radio nationale pour une série d'émissions : « L'Armée américaine en Islande et le Communisme mondial ». Tant que la série dura, nombreux furent les coups de téléphone de gens situés du haut en bas de l'échelle sociale, de droite comme de gauche, à l'agonir d'injures.

Mais qu'est-ce qui leur prend, aux gens, de faire tout ce tintouin, disait Ragnhildur en soufflant un nuage de fumée effilé qui s'enfilait loin dans le long couloir.

Ils ne supportent pas la polémique, ajoutait-elle en s'ébrouant trois fois, deux fois lentement et une fois avec vivacité, avant d'écraser son mégot dans le cendrier.

L'incohérence de Ragnhildur est un phénomène sournois, car ce n'est pas cela qui la rend telle qu'elle est. Il faudrait plutôt dire qu'elle est en accord avec elle-même dans ce qui semble, vu de l'extérieur, être de l'incohérence. L'adversaire de la base américaine et l'anticommuniste dans un seul et même individu, ce sont les pièces d'un puzzle plus vaste où chacune trouve sa place lorsque l'on considère, par exemple, que Ragnhildur est aussi une adversaire de l'Église catholique.

« Ce n'est pas plus compliqué que ça : je suis contre les grandes puissances et les grands systèmes où les gens sont traités comme du bétail », selon ses propres termes.

La colère l'étouffe face à la politique contraceptive de l'Église catholique, qui peut effectivement s'avérer mortellement dangereuse à cause du virus fatal, en dehors de tout le reste. Il n'empêche qu'elle considère Jean-Paul II comme l'homme le plus remarquable du monde et le sauveur de l'Europe de l'Est.

Il n'empêche non plus que Ragnhildur a comme refuge de prédilection l'église catholique de Landakot. C'est là qu'elle se rend au moins deux fois par mois pour méditer sur la bêtise humaine. Elle dit ne pouvoir le faire que dans un environnement qui lui donne des forces.

Ragnhildur revient régénérée de sa méditation et ne se lasse pas de vanter la bonne atmosphère qui règne dans cette église. Elle parle aussi beaucoup des messes des morts, comme les catholiques font de beaux adieux à leurs défunts. Elle trouve bien plus constructif d'être accompagné symboliquement jusqu'à la sortie avec de l'encens, de l'eau bénite et une prière pour l'âme qui a fait ses preuves que d'être littéralement congédié à l'islandaise avec la compilation minutieuse de faits insignifiants, et puis on vous jette une poignée de terre, psssstt, à l'aide d'une petite pelle.

Haraldur tomba malade et mourut l'année précédant mon départ pour Copenhague. Je n'aurais pu prendre sur moi de quitter le pays avec deux petites-filles pendant que leur grand-père était encore en vie, car elles lui étaient plus chères que tout. Ása était tout son portrait, avec ses sourcils sombres et ce nez haut et droit. Il l'aimait manifestement bien plus fort que toute autre femme de ce monde.

Si je vois Haraldur sous son vrai jour, il en avait assez de cette vie terrestre (ainsi que la désignait le médium du logis) et il aurait été content de pouvoir partir avant la naissance de mes filles. Mais elles devinrent les prunelles de ses yeux et il souhaitait vivre longtemps encore pour les voir grandir, leur donner une parcelle de tout ce dont Ragnhildur et lui nous avaient privés, Mummi et moi.

La maladie de Haraldur donna lieu à bien des histoires qui m'échappèrent alors, tout comme la vie elle-même nous passe sous le nez tandis que nous sommes en train de la vivre. Les jours viennent et s'en vont, et quand ils sont sur le point de s'arrêter, nous nous apercevons enfin que c'est la vie elle-même qui s'en va – comme l'a dit, à peu de chose près, un poète.

Le fait que Ragnhildur faisait de moi la personne en charge de la maladie et de la mort de son mari m'échappa, tout comme le fait qu'elle tenait Mummi à distance. Elle arrangea même les choses de telle sorte que je me trouvai seule au chevet de Haraldur quand il mourut. Où voulait-elle en venir ? Là est la question. Pas seulement à cette occasion, mais en général.

Pour moi, Ragnhildur n'est jamais compréhensible sous l'angle de ses motivations. On peut la comprendre en revanche eu égard à ses opinions. En ce qui me concerne, elle pourrait aussi bien être la seule personne au monde à n'avoir aucune motivation. Elle ne serait qu'une gigantesque opinion, contenant des sous-multiples d'opinion plus petits. Et cela aurait été sa divine opinion que c'était le mieux pour Haraldur de mourir près de moi. C'est vrai que j'avais l'habitude et il se peut que Ragnhildur, éminemment pragmatique par moments, ait vu les choses sous cet angle-là.

Ou bien était-ce son opinion qu'il serait perturbant pour un homme à l'agonie de nous avoir toutes les deux penchées sur lui, nous qui nous étions toujours gênées mutuellement dans les pièces, de manière compliquée et imprévisible. Quoi que je fisse : me rendre invisible ou faire la morte alternativement, ou encore éviter d'aller dans les pièces où elle se trouvait, le résultat était le même. Tout ce que je sais c'est que Ragnhildur n'était pas en train de tirer au flanc en me faisant prendre en charge la mort de Haraldur. Car c'était une chose, parmi beaucoup d'autres, qu'elle n'aurait pas su faire : tirer au flanc.

Au cours de la maladie de Haraldur, il m'arriva de craquer – et il n'y avait personne pour me soutenir, que lui. J'avais honte, parce que dans mon travail j'avais déjà trouvé pénible de voir des gens, possiblement jeunes et qui n'en avaient plus pour longtemps, devoir réconforter leurs proches.

C'est là que j'aurais eu grand besoin de Mummi, mais Ragnhildur avait toujours le chic pour l'écarter lorsque la fin approcha. Il ne faisait que de rares visites à Haraldur, et elles étaient de courte durée. C'était bien entendu l'opinion de Ragnhildur que Mummi avait tant de problèmes à résoudre qu'on ne pouvait pas en rajouter, et c'était bien sûr l'opinion juste et, comme Ragnhildur le sait bien, j'ai la capacité d'encaisser longtemps.

La veille du jour où Haraldur mourut, je m'éclipsai un moment pour aller à Sjafnargata, tout droit à la pièce moisie, sans signaler ma présence. La chambre venait d'être repeinte à la suite d'un accès d'entretien de Ragnhildur et l'on avait recouvert le bureau et le lit. Quelqu'un (un peintre ? Ragnhildur ?) avait consciencieusement raccroché la pendule du petit couple à sa place, bien trop bas sur le mur, et elle me fit mal en faisant entendre son souffle enroué juste au moment de ma visite. Incroyable que Haraldur ait pu dénicher ce truc fragile à l'étranger et le rapporter sous son bras, en Islande, pour que j'aie un cadeau d'anniversaire cette année-là.

Le pauvre Haraldur avait bien une chose ou deux à son actif, que je me remémorai, assise à son chevet au cours de ses dernières semaines. J'avais oublié, par exemple, qu'il me faisait parfois signe de venir le trouver, quand Ragnhildur n'était pas là. Il me prenait alors sur ses genoux un petit moment, me tapotait légèrement la tête et disait que j'étais une bonne petite fille. La conviction que Haraldur avait une bonne petite fille me comblait d'aise jusqu'au moment de m'endormir.

Il me revint aussi qu'il se faisait, malgré tout, du souci pour ses enfants à propos de telle ou telle chose, notamment de leur poids et de leur désintérêt pour la nourriture, pour autant qu'il y en eût à leur disposition. Il alla parfois jusqu'à râper des rutabagas crus qu'il avait achetés lui-même pour nous les faire manger. Il veillait généralement à ce qu'il y eût de la crème. Par ailleurs il baissait les bras face à tout ce qui touchait aux repas et autres sujets fondamentaux que Ragnhildur traitait par le mépris. Il faut dire aussi que c'était une autre époque.

Les choses finirent pourtant par aller si loin que ni le temps ni Ragnhildur n'arrêtèrent plus Haraldur. Il se mit à faire du pot-au-feu. Le mercredi. C'était un jour scientifiquement choisi car les restes du gigot du dimanche étaient alors finis ou ressemblaient un peu trop à la proie abandonnée par un charognard.

Il était invariablement arrêté que Haraldur cuisinait son pot-au-feu le mercredi et pas un autre jour. Peu importait qu'il eût la grippe ou qu'un malade l'appelât, il faisait son pot-au-feu. Peut-être craignait-il que la confection du plat n'allât tout de travers ou même ne cessât pour de bon s'il se mettait tout à coup à traînasser ou à intervertir les jours, ne serait-ce qu'une seule fois, le jeudi au lieu du mercredi, le vendredi au lieu du mercredi, le mardi au lieu du mercredi. Dans le pire des cas, il se mettrait à sauter des jours et à la fin il n'y aurait peut-être plus de pot-au-feu.

Le hasard voulait que le mercredi fût le jour de ménage de la cuisine. Je le rebaptisai jour-du-pot-au-feu-de-Haraldur. Cela devint le jour principal de la semaine et j'avais même parfois hâte qu'il arrivât. Pourtant la soupe représentait plus de travail pour moi car il fallait que je rampe chaque semaine d'un bout à l'autre de la cuisine avec la petite serpillière, au lieu d'une semaine sur deux. On ne pouvait faire moins que donner à Haraldur accès à une cuisine impeccable d'un bout à l'autre.

Je guettais l'occasion de me trouver tout près de lui, absorbé qu'il était par la préparation de la soupe, tandis que je faisais mes devoirs sur la table de la cuisine. J'enrobais la chose toujours de la même façon : *J'ai froid aux doigts de pied en bas dans ma chambre.* Et Haraldur disait : *Froid aux doigts de pied, ça ne peut pas aller.* Il pouvait répéter cela sans arrêt, en coupant oignons et carottes : Froid aux doigts de pied, ça ne peut pas aller.

Quand le pot-au-feu allait être prêt, je rassemblais mes livres et mettais la table. Haraldur disait alors toujours la même chose : *Tu es une bonne fille.*

Le pot-au-feu du mercredi durait jusqu'au vendredi. Le jour de la buanderie, il n'y avait rien. C'était un bon pot-au-feu.

Il était préparé avec brio et jamais tout à fait le même. C'étaient les bouillon-cubes tantôt Maggi, tantôt Knorr. Haraldur ajoutait parfois des flocons d'avoine ou même des grains d'avoine entiers, ou alors du riz. Il y avait quelquefois du chou-fleur dans la soupe, presque toujours des carottes, des oignons, des rutabagas et des feuilles de laurier.

Ce fut, à bien des égards, une soupe mémorable. Elle vint à bout de la somnolence qui nous anéantissait à l'école. Mummi se mit à tenir sur ses jambes et la morve verte qui nous coulait du nez devint plus fluide et plus claire. Elle disparut même tout à fait par moments.

Je m'assis sur le lit de communion recouvert d'une housse et contemplai par la fenêtre le jardin exactement encadré comme quand j'étais petite : l'arbre-sandwich au milieu, avec ses deux troncs qui m'étreignaient à la place de Magda, et je me consolais à la pensée que l'arbre ne partirait pas comme elle ; il resterait toujours près de moi.

Il n'y aurait personne d'autre que mon vieil arbre pour me soutenir dans ce qui semblait devoir être intolérable, veiller Haraldur jusqu'à sa mort. À moins qu'il ne profitât de la brève sortie d'un proche pour passer l'arme à gauche, comme j'avais vu plus d'un malade le faire à la sauvette.

Ça prend le plus souvent autant de temps pour mourir définitivement que pour récurer trois planchers – d'un bout à l'autre, cela va sans dire.

Et c'est justement ce laps de temps de trois planchers que les gens mettent à profit pour disparaître ; des gens qui paraissent trop affaiblis pour pouvoir organiser quoi que ce soit, *a fortiori* leur heure dernière, et qui profitent de la brève absence du proche qui s'est éclipsé et va revenir d'une minute à l'autre.

Je marchais doucement, sur semelles de caoutchouc, mais Haraldur ouvrit les yeux dès que j'apparus dans l'embrasure de la porte. Ses joues avaient la rougeur que donne la morphine. Il paraissait avoir soixante ans tout au plus et n'avait pas l'air d'être au bord de la tombe. Je m'assis sur le lit et lui pris la main. L'art et la manière de faire du bien aux mourants m'étaient sortis de la tête à tel point que je ne savais pas si je lui faisais mal en serrant trop fort.

Je perdis de vue également le but de l'opération qui est de faire en sorte que le mourant abandonne le combat – de l'amener lentement et sûrement à la porte qui se refermera sur lui une fois pour toutes et de lui dire lorsqu'on y est : « Encore un pas. Tu vas y arriver. Et après ce dernier pas, quand tu auras franchi le seuil, tu n'auras plus besoin d'avoir peur, ni honte, plus jamais. »

Maintenant qu'il avait repris conscience, sans doute pour la dernière fois, j'attendais qu'il dise quelque chose, un mot de la fin plein de sagesse, bien que j'eusse dû savoir depuis longtemps à quoi m'en tenir.

On attend du mourant, entre autres, qu'il fasse office d'oracle.

Qu'il « dise quelque chose » avant de nous quitter.

Une grande vérité. Un art de vivre, oui. Des instructions peut-être.

Mais celui qui va mourir en a assez de la vie. Son plus cher désir est de pouvoir partir avant que la prochaine vague de nausée ou de douleur s'abatte sur lui.

Rien ne serait plus éloigné de lui que de « dire quelque chose ».
Même s'il pouvait parler.
Il ne lui vient rien de sensé à l'esprit
et, contrairement à ce que beaucoup pensent, il serait peut-être
bien content de mourir tout seul.
Loin des yeux cernés de fatigue. Loin des mains qui serrent trop fort et lui rendent encore plus difficile ce qui est
plus difficile que tout.

Ce qui sortit de Haraldur ne fut pas dans le style d'un augure, il dit : Montre-la-moi.

Il parlait d'une vieille photo de sa fiancée qu'il gardait dans son portefeuille, dans le tiroir de la table de nuit. (On a raison de choisir les portefeuilles avec soin car ce sont eux qui nous accompagnent le plus longuement dans la vie et ils renferment souvent quelque chose de significatif.)

Je la vis pour la première fois – une jeune fille souriante avec un chapeau. Les gens qui sourient, dans le passé islandais, sont l'exception et la jeune fille brune au chapeau était une exception, souriant d'un vrai sourire, extraordinairement gracieuse et charmante. Peu probable que cette fiancée ait professé la moindre opinion, rien à voir en tout cas avec ce que Ragnhildur pouvait trimbaler.

Elle attend, dit Haraldur.

Je le sais bien, qu'elle attend, dis-je, en contradiction formelle avec l'idée que j'ai sur ce qui nous attend après la mort. Mais il se trouve qu'il n'y a pas de place pour les opinions sur un lit de mort – ce qui est un des bons côtés de cet endroit-là.

J'ai hâte, dit Haraldur.

Je comprends, dis-je avec une fausse conviction en posant un baiser sur son front, et nous existâmes, côte à côte, pour la première et seule fois de notre vie.

Haraldur se rendormit. Il devait malheureusement se réveiller et ses dernières paroles en ce monde furent pour moi, deux mots qui me firent chanceler comme si j'avais reçu un crochet dans le plexus : **mon enfant.**

Dieu veuille que sa vue ait baissé et qu'il n'ait pas vu ma réaction – être appelée mon enfant quand c'était définitivement et inexorablement trop tard. C'est là que la mort aurait dû épargner Haraldur, mais la mort n'est pas miséricordieuse comme on essaie de le faire croire ; elle est plus cruelle que la vie.

Quant à moi, j'aurais à coltiner ces mots jusqu'à la fin de mes jours, son enfant qui distingua tout juste ses paroles et vit la plaie ouverte de son remords. Je ne pourrais plus désormais être l'enfant indéfini que j'avais été jusqu'ici, avec une image du père en lieu de père.

Et il ne fut pas donné à Haraldur de disparaître à l'instant précis où il avait hâte d'étreindre enfin la jeune fille souriante au petit chapeau sans aucune opinion. Même cela lui était refusé et il lui faudrait bientôt prendre congé du monde entier avec un sourire d'excuse – d'avoir failli à celle qu'il avait appelée son enfant – en plein milieu de son heure dernière.

L'heure de la mort tombe toujours mal, du moins de celles
dont j'ai été témoin.
La mort n'arrive jamais au bon moment, et elle le fait exprès.

Car la mort est fausse et cruelle. Rien n'est plus éloigné d'elle que cette miséricorde pure et simple dont l'affublent ceux qui n'en savent rien ou qui sont hypocrites.

Il ferma les yeux et parut s'être endormi. Je compris après coup que le sourire d'excuse était alors en train de s'installer. À ce stade, ce n'était encore qu'un frémissement presque invisible des commissures, tirant plus sur l'affection que sur l'excuse.

Je succombai au sommeil là où j'étais, assise près du lit, car ses paroles qui furent les dernières – et je savais qu'il n'y en aurait pas d'autres – étaient intolérables et je n'avais face à elles d'autre issue que la porte du pays des songes.

Il était cinq heures dix quand je me réveillai et personne ne sait exactement quand il mourut. Les montagnes de l'est avaient un liséré d'aube. J'avais la conviction que cette échancrure de lumière s'était ouverte juste avant son trépas et que Haraldur avait pu s'échapper par là.

Je me levai et ouvris la fenêtre. Je ne l'avais pas fait ces derniers jours de peur que le malade ne prît froid (car les mourants sont aussi fragiles que les nouveau-nés) et je m'assis au bord du lit pour le serrer tout contre moi – ce dont, pour une raison ou une autre, je m'étais abstenue de son vivant, et quand il était agonisant – et je lui dis en pensée : tu es maintenant débarrassé de Ragnhildur et de nous, cher papa, et du remords aussi ; on te fichera enfin la paix, là où pointe le jour nouveau.

Je tournai la lampe pour mieux voir son visage. Le petit sourire d'excuse avait survécu, disant à peu près : « J'ai essayé de faire quelque chose. Mais ça n'a pas été suffisant. Absolument pas suffisant. Pardonne-moi. » Le sourire était dans le prolongement direct de ce qu'il avait dit en dernier, des paroles terribles. Mon enfant. Sanglot qui me resterait désormais en travers de la gorge.

« Mon enfant. »

Comme j'avais envie d'effacer ce sourire d'excuse du visage de l'homme qui était devenu mon père dans la mort ! Moi qui savais mieux que personne qu'on ne pouvait plus rien changer. Ni ajouter un sourire. Ni l'effacer. Rien changer. Rien effacer.

Même à ce moment-là, Ragnhildur n'était pas loin. Elle s'était introduite dans les recoins de notre esprit, à Haraldur et à moi. Tous les chemins ramenaient à cette personne – c'était comme si elle dirigeait tout, du plus petit au plus grand, la fin et la cause fatale. (Ce fut elle, effectivement, qui enfonça les émanations de Camel dans les poumons d'un homme qui ne fumait pas, de sorte qu'il en résulta une tumeur.)

La question me hantait : quelle avait été la motivation de Ragnhildur pour me laisser seule avec son mari la dernière fois ? Elle savait d'avance quand il partirait, elle qui calcule la vie et la mort à l'aide d'un intellect brillant et froid (et ce qu'elle ne calcule pas, elle l'ignore, si ça l'arrange de ne savoir qu'en faire).

Le plus redoutable chez Ragnhildur, c'est son hyperbonté, cette nappe de fumée qui se propage à tous les coins de la scène et aveugle le spectateur. Se pouvait-il que ce fût l'hyperbonté de Ragnhildur qui permettait à Haraldur de mourir sans qu'elle le dérangeât, qui lui permettait de s'en aller en paix rejoindre la fiancée souriante au chapeau ?

Lorsque je fus prête, je signalai le décès. Je suis moi-même infirmière et même si cela n'avait pas été le cas, j'avais bien le droit de dire adieu à mon père aussi longtemps qu'il me plaisait, moi qui étais à présent devenue enfin son enfant. Le jour de sa mort et à l'heure incertaine de son décès.

Le liséré de lumière s'élargit au-dessus des montagnes de l'est et je me retrouvai définitivement orpheline – bien que ce fût un détail négligeable –, à regarder celui qui m'avait donné le jour me quitter, quitter le monde et soi-même en même temps que toutes les cellules le quittaient pour mener la vie indépendante qui émanait de ce corps mort et, ô merveille, elles s'alignèrent en une idée lumineuse de changement ; dénouement, l'âme libérée de sa gaine, une nouvelle gaine enserrant la vieille âme ?

Au milieu de cette idée, je quittai enfin Haraldur pour avertir la garde de nuit. J'inventai une heure plausible de décès et ce fut au milieu de ce mensonge vraisemblable que Ragnhildur pénétra dans le couloir, en savates, portant son trench-coat Burberry et fraîchement coiffée, or il n'est pas évident de se coiffer tard la nuit quand Haraldur est mourant, même si le chemin n'est pas long.

Je ne pouvais pas dormir, dit-elle.

Tu sais que…, fis-je prudemment en donnant à penser que j'allais l'entourer de mes bras, pour n'avoir pas à regarder son visage.

Oui, dit-elle.

Laquelle de nous doit prévenir Mummi ? demandai-je.

Je m'en charge, dit ma mère en ajoutant :

Tu es épuisée. Ne devrais-tu pas rentrer à la maison t'allonger ?

Je ne ferais que gêner ici. Ça ne te fait rien ?

Ça vaut mieux, dit-elle, hyper-sincère, et la garde de nuit interloquée suivit mon départ des yeux. Je n'allai même pas chercher ma parka dans la chambre de Haraldur.

Il nous était ainsi épargné, à Ragnhildur et à moi, de nous trouver ensemble près du défunt. Mais il ne fut pas épargné à Ragnhildur de voir la photo de la jeune fille souriante au petit chapeau sur la table de nuit car j'avais oublié de la remettre à sa place dans le portefeuille. Peut-être cela lui était-il égal et puisqu'elle était la Ragnhildur qu'elle est, qui sait si elle ne trouvait pas ça mieux ?

La rue Mímisvegur, les vitres des maisons, les arbres des jardins étaient comme saupoudrés de paillettes ; des chats gigotaient dans les parterres et tout était indécent d'élan vital et de beauté, du fait que Haraldur avait cessé de vivre, en s'excusant d'avoir existé.

Au coin de Sjafnargata, je compris que tout était accompli. Haraldur devenu père dans la mort et moi, par contrecoup, sa fille.

« Mon enfant. »

La vie nous avait joué un vilain tour car il y avait en lui beaucoup de fibre paternelle, comme il était apparu lors de la naissance de mes deux filles. Il y avait en moi aussi une fibre filiale particulière, qui se fit jour quand j'eus mon amoureux.

Il ne nous est pas donné d'être ce que nous sommes, même pas ça. Encore moins nous est-il donné d'être ce que nous pourrions devenir. C'est à peine perceptible en nous, en infime décalage par rapport à l'ombre faite maison, et les contours de nous-mêmes sont encore plus flous que ceux de l'ombre.

Le jardin de Sjafnargata dansait, paré des couleurs les plus vives, lorsque je poussai le portillon – ce qui était une impolitesse et un manque d'égard quand le propriétaire du jardin venait de mourir après y avoir travaillé tant de soirs de printemps et d'été.

Il s'y trouvait parfois au mois de mai, quand je rentrais après avoir donné deux baisers d'adieu à mon amoureux dans le Sentier de l'Hôpital. Une fois, il vint à ma rencontre et me fit faire le tour du jardin en me parlant des plantes et de quelques arbres. Ce fut à cette occasion que j'appris que l'arbre-sandwich s'appelait érable. Il y avait alors de la lumière dans les yeux de Haraldur, pour mon compte. Il était content que le bonheur sorti des livres se fût trouvé sur ma route ce printemps-là.

Le bonheur paré de couleurs vives qui ne m'étaient pas familières et que je repoussai pour que seule régnât l'absence de couleur.

Le papa de mes filles avait eu malgré tout, au début, une parcelle de l'ambition de mon amoureux, qui était de me tirer à la lumière du jour pour que je puisse m'épanouir en couleurs. Mais mon amoureux est bien entendu le seul à connaître les couleurs qui se cachent en moi, et elles régressèrent dès que je prononçai les mots fatidiques au café Mokka.

Les couleurs d'une personne apparaissent lorsque quelqu'un la voit très clairement et c'était ainsi que tu me voyais et que je te voyais. C'est donc cela l'amour; c'est connaître désormais par cœur les nuances de son ami. Sans en oublier une seule.

J'ai toujours veillé à cultiver l'absence de couleurs en moi. Je ne me suis jamais coloré les sourcils, ni les lèvres ni les cheveux. Portant de préférence des vêtements couleur chair, dessous comme dessus.

Mon corps n'a guère connu de vêtements de couleur, sauf du temps de Magda. J'avais alors une robe princesse bleue, un pull rouge, des chaussettes vertes.

Les vêtements dont je fus affublée après étaient gris ou beige. Ce n'étaient, à vrai dire, que quelques rares habits en tout et pour tout. Ils étaient à ma taille et je grandissais lentement, sans rien user. Et puis je prolongeai l'absence de couleurs lorsque je commençai d'acheter mes vêtements moi-même.

Le seul à être coloré était la parka gris-bleu du Magasin des Scouts que tu me fis acheter, mû par tes solides qualités ménagères et ton sentiment de responsabilité à mon égard.

Et puis naturellement, l'exception, LE MAILLOT DE BAIN TURQUOISE AVEC DES POISSONS D'OR.

La première fois que nous allâmes à la piscine couverte, je me vis dans la glace des douches, nue des pieds à la tête, et je vis que mon corps était bien fait, quoique le torse fût plus allongé et les seins plus insignifiants que je ne l'eusse souhaité, le tout sur des jambes trop courtes et pas tout à fait droites. Il n'y avait pourtant pas lieu d'avoir honte de ce corps et je n'avais pas honte de lui.

Lorsque je sortis de l'eau, je vis le maillot sur moi dans la même glace. Il n'avait pas de couleur, n'était ni gris ni beige, mais d'une teinte indéfinissable, l'absence de couleurs incarnée. Peut-être ce maillot avait-il eu une couleur quelconque, mais c'était du passé. Je l'avais depuis mes dix ans. Cette guenille qui avait perdu toute élasticité se collait à moi et il y avait un petit trou à l'une des bretelles.

Je m'arrêtai à cette vue et estimai que le maillot n'était pas digne du corps qui le portait. Pendant trois jours d'affilée, je pensai au maillot jusqu'au moment où je piquai une crise de rage, me ruai dans la buanderie attenant à ma chambre, arrachai le maillot de la ligne où il pendait après la piscine et y mis le feu avec un journal entier, dans le grand évier d'acier de la buanderie. Je remuai le tout avec l'écumoire à poisson en chantant rageusement : *Loque et guenille/guenille et loque/bouffe d'la merde et brûle le tout.*

Mais la loque et guenille ne voulait pas brûler comme il faut et se mit à frire avec une puanteur comparable à celle de l'huile de vidange. À la fin, ça ressemblait à de la peau humaine carbonisée.

Lorsque Haraldur rentra et se plaignit de l'odeur de brûlé (l'odorat des Époux fonctionnait en général), je prétendis avoir brûlé des lettres secrètes dans la buanderie. Il accepta cette explication comme allant de soi.

Je dis que mon maillot s'était déchiré et que j'avais besoin d'un maillot neuf. Il coûterait tant et tant. C'était une forte somme, mais Haraldur ne protesta pas et alla chercher l'argent dans le tiroir de son bureau.

Les jours suivants, j'étais dans les boutiques à essayer des maillots. Je notais par écrit ceux qui venaient en considération, en faisant d'eux une brève description. Il y en avait neuf, mais j'en essayai vingt-trois en tout. J'étais bien reçue dans toutes les boutiques, même si j'essayais et réessayais inlassablement, et même si j'étais une cliente insolite dans certains magasins de luxe comme Chez Bára. C'est là que je finis par acheter le maillot de bain turquoise avec deux poissons d'or sur le ventre.

Par politesse, tu ne fis aucune allusion au nouveau maillot quand nous allâmes à la piscine la fois suivante car cela serait revenu à évoquer la guenille et loque qui offensait mon corps.

Le maillot bleu turquoise avec deux poissons d'or sur le ventre existe encore.

NEUF ANNÉES DE MA VIE s'écoulèrent à Copenhague. Cette époque ne commença pas mal et allez savoir si je n'ai pas éprouvé purement et simplement quelque bonheur apparenté de loin à celui des livres d'adultes.

Les premiers mois à Copenhague furent septembre, octobre. Le soulagement que je ressentais par ces jours de douceur n'avait rien à voir avec la félicité éthérée des promenades d'hiver et de printemps en compagnie de mon amoureux à Reykjavík, c'était un soulagement formel avec un contenu.

L'océan nous séparait désormais, Ragnhildur et moi, et je pouvais parler une nouvelle langue. J'avais toujours été bonne en danois, même pour la prononciation, et j'avais obtenu un prix à l'École des Femmes. Ça ne me posa aucun problème d'acheter des pommes de terre avec un accent intelligible dès notre premier jour à Copenhague. Je n'en fus pas peu fière.

En cette fin d'été et ce début d'automne dans la capitale de la douceur de vivre, je déambulais avec Unnur à mes côtés et Ása dans sa poussette, avant de commencer à exercer mon métier. Je traînais dans l'appartement, au troisième étage de Christianshavn, me prélassais sur le balcon avec vue sur les arbres danois et leurs couleurs d'automne dont le caractère nostalgique est différent de celui des teintes islandaises – si optimiste tout d'un coup que je ne voyais pas pourquoi je ne prolongerais pas ce farniente avec deux filles et un mari, par le beau temps qu'il faisait.

J'avais tant d'imagination que je m'observais à la dérobée comme on regarde quelqu'un qui est tombé sur un bon champignon ou a pris du LSD. Non seulement je m'achetai une robe de chambre douillette, mais je me mis à aborder des sujets de conversation avec mon mari dans le salon quand Unnur et Ása étaient endormies. À mon grand étonnement, on pouvait lui parler d'autre chose que de nos filles et de la liste des achats à faire. Je me rendis compte, à la façon dont il parlait de ses parents et de ses amis, que c'était un type bien et plus sensible qu'on ne l'aurait pensé. Et puis il avait de l'humour, en cherchant un peu.

Mes sujets de conversation étaient essentiellement les promenades avec Unnur et Ása et la ville avec le musée des Sculptures et les statues de Thorvaldsen et les gens qui trouvaient toujours le mot pour rire quand on achetait un hot-dog ou un journal. Et le miracle eut lieu : la marche me remit en forme et l'absence de couleurs de mes joues et de mes cheveux céda momentanément la place à un reflet de soleil.

Mummi venait me voir à Copenhague au moins trois fois par an et restait une semaine, parfois avec un petit ami. C'étaient généralement de bons garçons, mais mon préféré était le superbe Stanko du Monténégro – prince selon ses dires, et en tout cas le prince de mes rêves pour Mummi ; un homme parfait d'une arrogance mêlée de douceur extraordinaire et d'humour. J'espérais que Mummi et lui resteraient ensemble. Lorsque je dis cela à haute voix, Stanko leva les mains au ciel et dit qu'il ne commandait pas au destin, que ce serait au destin de commander.

Si je pouvais dire que je me suis amourachée d'un homme, ce fut presque le cas avec Stanko (ce qui était tellement idiot que je ne me donnai même pas la peine d'avoir honte – le fiancé de mon frère et patati et patata). Cela alla pourtant si loin que j'y acquis un intérêt certain pour l'espèce, le macho originel des Balkans. Ce pourrait être une bonne combine que de se lier à un homme comme ça. Mais où le trouver ? Et qu'aurais-je à en faire, privée de sommeil par mes gardes de nuit éternelles ? Non, si je me mettais en quête d'un amant, il faudrait que ce soit un pauvre type. Alors pourquoi se fatiguer ?

Enfin, lorsque Unnur et Ása furent devenues assez grandes, leur père et moi pûmes nous octroyer le luxe de divorcer. Il avait alors jeté son dévolu sur une femme extrêmement incolore, comme moi. Les filles rouspétèrent, comme font les enfants, mais leur papa et moi arrivâmes à les convaincre en leur tenant des discours dans le style didactique social que nous avions fait nôtre au Danemark.

Mais quelle que fût la façon dont je présentais l'affaire, Unnur et Ása n'étaient pas d'accord pour que je retourne en Islande alors qu'elles n'avaient pas fini leur scolarité à Copenhague. Cela m'ennuyait mais je n'arrivais pourtant pas à être bourrelée de remords. La vérité était aussi que cela ne leur ferait pas de mal de se rapprocher davantage de leur papa que de moi, au point où l'on en était.

Personne ne m'enjoignit de rentrer en Islande, encore moins à Sjafnargata. J'aurais pu aller m'installer n'importe où, notamment dans des pays pauvres et ravagés par la guerre pour faire du bien autour de moi. J'y avais pensé un moment.

Je ne voulais plus vivre à Copenhague, plus être sur le site de ce mariage que mon mari et moi avions enduré comme les derniers mois d'un hiver long à passer. Nous avions essayé de tirer le meilleur parti possible d'un ennui conjugal prolongé, parce que nous possédions ensemble deux trésors – les prunelles de nos yeux.

Si je n'avais été l'enfant de Sjafnargata que je suis, j'aurais eu des remords d'avoir, en fait, abusé cet homme. C'est lui qui m'avait cherchée, à vrai dire, et il ne pouvait à cet égard que s'en prendre à lui-même, mais, au nom de l'équité, qui aurait pu penser qu'une personne aussi falote que moi ne saurait donner que « des pierres en guise de pain » ? On attend d'une incolore de l'abnégation et un bon fond, mais il y eut peu de sacrifices de ma part et encore moins de bon fond. L'homme n'eut même pas la chance d'avoir affaire à une vraie mégère ; il aurait pu au moins l'apprivoiser.

Et la vie suit son cours et la vie s'écoule tandis que nous attendons sans fin qu'elle recommence un peu. Même les gens comme moi sont toujours en train d'attendre. Peut-être surtout les gens comme moi. D'ailleurs qui peuvent-ils bien être ?

Le hasard voulut que Ragnhildur fût à la maison de santé de Reykjalundur les deux premiers jours de ma vie numéro deux à Sjafnargata, ce qui me permit d'errer librement par les pièces, d'y entrer et d'en sortir. J'essayai de forcer la porte gonflée de ma chambre moisie, mais elle ne céda pas.

Le soleil m'a crevé les yeux
quand je suis revenue

Moi qui croyais que je ne reviendrais pas,
dans cette maison, pas pour de bon.

Le soleil impitoyable décrit un cercle autour de
la maison parentale, les lieux familiers
et peu de rideaux dans les chambres…

N'accordant pas de trêve la nuit, ce soleil orbitant
me poursuivait de pièce en pièce. Je ne pouvais pas
reposer mes yeux suppliciés par les veilles de nuit

seule dans la maison haute, grise et sardonique
mètres carrés trois cent soixante,

sous l'espace vide de Lilla et Mummi, avec grenier
mètres carrés où les organes cédèrent, l'un après l'autre,
jour de chambre après jour.

Dans la cuisine les glandes lacrymales,
que l'on coupât de l'oignon ou pas
le jour du pot-au-feu-de-Haraldur.

Dans le long couloir ce fut la tête qui céda
j'y titubai dans un sens puis dans l'autre
invisible aux Époux de la maison
inaudible pour Haraldur et Ragnhildur
ne sachant si je venais, partais ou étais.

Aucune pensée n'était plus dans ma tête
plus rien du tout sauf le vide absolu,
dans le couloir pas de pleurs
dans le couloir rien
sauf les conversations avec la tonalité

avec l'amie qui n'existait pas.
Chère Dór. Elle était bien dans sa maison verte,
avec poisson rouge et maman à la prime de rendement.

Dans les pièces faites pour ça ce fut l'estomac qui céda.
Dieu sait pourtant que ce n'est pas aux toilettes

que j'ai souffert le plus,

ni à l'étage, ni en bas.

Dans le salon, les poumons en ont pris un coup
dans la fumée des soliloques de Ragnhildur.
Quelle Réincarnation dans le Non-Temps.

Dans la buanderie les bras me sont tombés,
à force de pendre et décrocher le linge.

Il pesait lourd, oh hisse, sur le tabouret de cuisine,
et je n'avais pas l'idée de me plaindre…

Nulle part dans la maison le cœur n'avait de répit,
moins qu'ailleurs dans ma chambre humide.

C'est là que je pleurais le soir, de belles larmes stupides, surtout avant de m'endormir et pour rien, que je sache. Jusqu'à l'arrivée d'un bonhomme, un jeune, un homme, qui me prit dans ses bras à cinq heures du matin et me tint lieu d'amant. J'oubliai l'existence des larmes et embarquai pour le pays des rêves. Cette femme-enfant souriant à demi, c'était **Lí**, comme tu l'appelais.

Je sursautai dans la buanderie quand j'avisai la porte de communication avec ma chambre. J'avais complètement oublié, pendant ma longue absence, que l'on pouvait passer de ma chambre à l'espace inhabité de la buanderie. Les rares fois où je revenais à

Sjafnargata au cours des années de Copenhague, je montais quatre à quatre les marches de l'escalier. Je ne m'attardais jamais au rez-de-chaussée, surtout pas pour voir où en était l'humidité de ma chambre, ou si le souffle rauque du petit couple perçait encore les profondeurs de la pendule aux heures justes.

Ma chambre communiquait avec la buanderie. Terrible ce mot **communiquer**, un peu comme une cellule attenante à une salle de torture. Ne serait-il pas commode que la cellule du prisonnier communiquât avec la salle de torture ?

Il aurait suffi de mettre des barreaux à la fenêtre de ma chambre et d'enlever la pendule au petit couple et le réveil électrique pour qu'elle méritât le titre de cellule de prison dans un pays pauvre. Mummi, qui avait toujours l'œil pour les décors de théâtre, baptisa ma chambre la **Tacatombe** dès qu'il eut appris le mot catacombes.

La buanderie tenait lieu de refuge et d'abri à Sjafnargata, bien qu'on ne la comptât pas, à proprement parler, au nombre des pièces. Il y faisait toujours chaud car la chaudière mijotait sans cesse et propulsait la chaleur dans tous les radiateurs de la maison. Il y en avait vingt et un, je m'en souviens parce que je les comptais de temps en temps et causais avec eux de la pluie et du beau temps, mais surtout des sujets de préoccupation dans la pièce concernée : le fouillis et la saleté. Mais je ne m'adressais jamais au radiateur directement, comme je le faisais pour la chaudière, source de la chaleur :

Ô fidèle servante ! Merveilleuse chaudière !

Autour de la chaudière, il n'y avait pas cette moiteur froide et négative qui sourd du ciment abîmé et des tuyaux pourris comme chez moi. Ici régnait une humidité agréable et naturelle qui venait du linge en train de sécher. J'appris à garder mes vêtements dans la buanderie quand j'eus un amoureux afin qu'ils n'aient pas la même odeur nauséabonde que ma chambre suintante. (Il ne fallait pas que Lí sente le moisi au cours des promenades avec le prince charmant.)

Le froid me réveillait parfois, car il fallait laisser la fenêtre entrouverte quel que fût le temps pour que ce soit vivable. Il s'agissait alors soit de continuer à grelotter sur sa paillasse, soit de trimbaler matelas et couette jusqu'au banc de la buanderie pour y rester perchée, à une hauteur telle que la chute serait fatale.

Une fois, Mummi ne trouva personne alors qu'il s'apprêtait à grimper dans mon lit. Il pleurnichait déjà depuis longtemps dans ma chambre lorsque j'émergeai du sommeil sur le banc de la buanderie.

Lilla pas dans son lit, dit-il dans un sanglot.

Je dis à mon pauvre petit Mummi qu'il saurait désormais toujours où me trouver s'il ne me voyait pas tout de suite dans mon lit.

Nous allâmes dans sa chambre nous blottir ensemble sous l'édredon de son lit qui était trop petit pour lui tout seul, *a fortiori* pour nous deux. Je récitai *Pour les cheunes, c'est pour le mieux/de craindre leur cheigneur Dieu*, la seule strophe de Magda que je n'ai pas oubliée, en le tapotant doucement pour l'endormir.

Sjafnargata, la maison à la longue allée – quarante-trois pas du portail du jardin à la porte d'entrée, quand on est petit. Le nombre de pas avait diminué de moitié quand je les recomptai au premier matin de ma vie numéro deux à Sjafnargata, en transportant le tabouret de cuisine de ma chambre jusqu'au mur du jardin dans le soleil fou du petit jour. Je m'assis sur le tabouret et observai cette maison parentale dans laquelle j'avais réemménagé – comprenne qui pourra.

La maison est anormalement éloignée de la rue, elle se dresse anormalement haut au-dessus du sol, les fenêtres hautes et minces ont l'air d'avoir été étirées. Dans mon souvenir elles repoussaient la lumière. Ragnhildur voulait toujours que les lampes soient allumées. Haraldur les éteignait parfois, dans le salon vert par exemple, mais Ragnhildur les rallumait aussitôt.

Beaucoup de maisons à Reykjavík ont visiblement emprunté leur aspect à de lointaines contrées : ailes de toit à la chinoise, fronton grec, variétés de colonnes mauresques. L'allure racée de la maison de Sjafnargata ne porte la marque d'aucun style particulier, mais pourrait évoquer une villa italienne à la campagne. Les proportions sont correctes, tout est régulier dans ce bloc symétrique frappé au nombre d'or. Il en résulte une légèreté tout à fait remarquable : ces fenêtres étroites, le haut toit aux versants légèrement relevés et la fenêtre malicieuse en forme de losange. Le toit infléchi et le rez-de-chaussée surélevé font en sorte que la maison a l'air de surgir de terre, comme pour prendre son essor. En revanche, la légèreté de cette maison tout en finesse est froide et les arbres du jardin ne la réchauffent pas, ils s'en détournent.

L'entretien de la maison était inexistant et son déclin de plus en plus marqué au fil des ans, sans toutefois en avoir raison. Elle faisait penser à une personne qui a reçu un beau physique en partage – ni l'âge ni la négligence ne la défigurent –, la beauté de l'infrastructure transparaît toujours. Ce qu'il a dû être fort et opiniâtre, à l'extérieur comme à l'intérieur, le physique de cette maison, ce qu'il lui a fallu comme ténacité pour résister à cette indifférence prolongée.

Ragnhildur se ressaisit enfin en matière d'entretien, peu après que l'on eut diagnostiqué le cancer du poumon de Haraldur. Elle fit ravaler la maison et renouveler les fenêtres. Peu importait que cela risquât d'incommoder le malade ; coups de marteau, ouvriers aux fenêtres et lui, clopinant en robe de chambre dans les émanations de laque et de térébenthine.

Et puis il fallait continuer et refaire tout l'intérieur, peindre les deux étages et le grenier. Mummi et moi signalâmes à Ragnhildur que ce n'était pas le bon moment à cause de Haraldur. Ragnhildur regarda par la fenêtre de ses yeux vides et dit en tout et pour tout qu'on pouvait bien peindre le rez-de-chaussée, l'odeur ne monterait pas. Nous protestâmes. Elle fit peindre en bas et l'odeur se fit sentir en haut, comme de juste.

Quand Haraldur alla à l'hôpital pour la troisième fois, Ragnhildur convoqua un peintre pour l'étage. Elle le fit derrière notre dos, à Mummi et à moi, et battit le rappel pour que des gens de l'extérieur viennent déplacer les meubles. La chambre conjugale et le salon étaient déjà finis quand nous en fûmes informés.

Ce fut l'unique fois où Mummi et moi la critiquâmes. La préparation de l'assaut se fit en passant d'abord par la boulangerie Bernhöft. Nous étions tous deux à l'unisson, assis à la table de la cuisine, avec des viennoiseries sortant du four : comment pensait-elle que ce serait pour Haraldur de rentrer de l'hôpital, malade comme il l'était, dans l'odeur de peinture et tout sens dessus dessous encore plus que d'habitude?

Ragnhildur nous opposa un silence opaque. Mummi et moi parlâmes avec véhémence, j'étais moi-même inhabituellement éloquente et répétai plusieurs fois « quand il rentrera à la maison ». Elle leva alors les yeux brusquement pour regarder droit dans les miens – ce qui est si rare et si pénible que j'en sursautai – et dit :

Et quand est-ce qu'il rentrera à la maison, à ton avis?

Oui, Ragnhildur sonde les cœurs et les reins tout comme Dieu, et qui plus est, elle a la formation *ad hoc*. Mummi et moi aurions dû savoir qu'elle était aussi calée en pronostic qu'en diagnostic. Haraldur ne reviendrait pas à Sjafnargata. Trois semaines, jour pour jour, après notre conversation dans la cuisine, avec les pâtisseries, il nous avait quittés.

Assise sur le tabouret de la cuisine dans le jardin, par ce premier matin de ma vie numéro deux à Sjafnargata, je décidai de repeindre la chambre de Magda, d'y mettre un nouveau revêtement de sol et d'en faire ma chambre à coucher. Il aurait pourtant été plus malin de s'attaquer à la chambre de Mummi, avec ses fenêtres au sud et à l'est, et plus grande que celle de Magda qui n'a qu'une fenêtre exposée au sud.

Je ne me doutais pas à ce moment-là, avant le lever du jour, que c'était le tout début des années de la chambre, des réparations de la maison de Sjafnargata, fissure par fissure, robinet par robinet, interrupteur par interrupteur. Encore moins me serais-je doutée que cela pourrait être une distraction. Élargir les lézardes, arracher le revêtement des sols – démolir une pièce et tout reconstruire jusque dans les détails imperceptibles à l'œil (peindre avec un pinceau à long manche derrière les radiateurs, là où personne ne voit rien sauf l'araignée et Dieu).

Et Ragnhildur l'imprévisible montre une nouvelle facette en participant à toutes les années, surtout à l'année de la cuisine, avec de bonnes suggestions pour les grandes comme les petites choses. Elle se rend bien compte de ce que sa maison renferme, même les pièces d'en bas, dont je croyais qu'elle ne connaissait l'existence que par ouï-dire.

La chance me sourit aussi en m'amenant comme ouvriers les meilleurs acolytes du monde et les plus amusants – Mummi et ses amis prêts, bon an mal an, à se lancer jusqu'aux oreilles dans des travaux compliqués d'enduit et de peinture bien au-dessus de leur tête. (Il ne faut pas croire, j'aurais aimé les faire aussi, même sans eux.) Mummi n'a pas l'habitude de me voir avec cette expression de satisfaction et me surnomme l'enduite-en-erreur.

Au fil des années et des pièces, les membres de l'escorte, amis et fiancés de Mummi, décorent ma vie et celle de Ragnhildur, compensant l'absence de ceci ou cela qui nous fait défaut, en nous-mêmes, entre nous et au-delà. Ils ont pour moi l'affection qu'auraient des parents pour leur enfant. Être la fille de quelqu'un, c'est ce à quoi j'aspire depuis longtemps – je suis tout émue, le soir, de cette bonne fortune.

Ils sont aussi une compensation pour les amies que je n'ai pas eues et ils débordent d'abnégation pour m'accompagner dans la rue commerçante faire du lèche-vitrines et trouver des fringues qui m'aillent – comme le ferait une véritable amie. Cela donne lieu, bien sûr, à des discussions sans fin à cause de leur goût pour les couleurs vives mais, en tout cas, mon look s'est nettement amélioré.

La seule ombre au tableau fut la sensation de coup de poignard que j'éprouvai quand je vis l'adoration que les amis de Mummi portaient à Ragnhildur. Il me fallut chercher longtemps avant de comprendre ce qui me faisait si mal. C'était la jalousie, sentiment qui ne pousse pas chez un enfant de Sjafnargata. De quoi cet enfant-là pourrait-il être jaloux ?

J'appelle Ragnhildur l'idole des gays (tout bas) lorsque les amis se mettent à ses pieds, au sens propre, lui polissent les ongles des orteils et en éliminent les cors. Ils la considèrent comme une héroïne et connaissent des histoires racontant comment elle a sauvé des petits frères et sœurs grâce à un diagnostic surnaturel et un traitement ultra-pointu. Et puis l'héroïne a des opinions divines et on peut parler de tout avec elle, comme ils disent avec recueillement.

Deux des amis de Mummi sont séropositifs. Ragnhildur leur parle avec une clarté glaciale de cette saloperie (ainsi qu'elle désigne le virus) dans les moindres détails médicaux et humains, des dernières recherches et des médicaments. Ainsi elle réduit le dragon monstrueux avec lequel ils sont aux prises à la dimension momentanée d'un petit lézard inoffensif.

Les amis de Mummi font parfois la fête dans le salon vert (qui ne l'est plus, mais rouge foncé). Il peut alors se faire que Mummi enfile la robe de crêpe noir de Ragnhildur et esquisse quelques pas de danse – un danseur-né, cet enfant qui se tenait toujours sur la tête –, métamorphosé en un être mystérieux, dangereux, et plus du tout inhibé ni soumis, comme il l'est quand il ne danse pas.

Au cœur du Mummi aux lèvres peintes et portant une robe, je vois mon petit frère pleurnichant dans son lit : *Est-ce qu'il n'y aura plus jamais de porridge?* Je le vois torse nu sur la table d'examen avec un cœur tracé en rouge au stylo à bille sur la cage thoracique et moi au-dessus de lui, brandissant le couteau : *Dois-je t'enlever cette saloperie de cœur, misérable gosse?*

Mais Ragnhildur est assise sur le canapé entre deux des travestis les plus en vue de la ville et elle regarde la danse de Mummi comme si elle assistait au spectacle de fin d'année de l'école de danse. Je la regarde et me demande s'il ne serait pas normal qu'elle soit un peu affligée de voir son fils adulte en robe (la sienne, qui plus est) mettre de l'ambiance pour les homos dans le salon vert. Non, elle est assise là et regarde au travers de tout et de tous, à son habitude.

Mummi exacerbe la danse avec des déhanchements saccadés et un regard brumeux (c'est peut-être le médium du logis qui danse à travers lui), et quelqu'un tend à Ragnhildur la mandoline. Elle joue *Plaisir d'amour* et les pas de son enfant deviennent si aguichants que les amis n'en peuvent plus.

Et la colère se met à bouillir en moi au point que je me transforme en machine à vapeur dont les bouffées me sortent par les narines et les oreilles. Qu'est-ce que je fais alors, sinon me retirer sur la pointe des pieds, tout en redoutant qu'on n'oublie de mener Ragnhildur à son lit avant que le jeu n'échappe à tout contrôle.

Je vais dans mon vieux refuge, la buanderie, m'assieds sur le tabouret de cuisine et emplis l'espace de vapeur emmagasinée que j'expulse en ouvrant portes et fenêtres, dans le couloir et dans mon réduit moisi, la Tacatombe. Je ne dois pas fermer la soupape sur les émanations empoisonnées, sinon j'étoufferais. Avant tout, il faut que je rejette la pensée que Ragnhildur est E.T., l'Exterminateur Total, que je pourrais l'assassiner pour nous défendre, Mummi et moi, même si nous sommes censés être grands et qu'elle est tout près de BT, le Bord de la Tombe.

Ni Ragnhildur ni Mummi, personne n'aura le droit d'approcher la rénovation de ma chambre moisie. Je vais l'organiser jusqu'aux moindres fissures, et faire le tout moi-même. Les paumes me démangent d'en faire le plus joli boudoir de la ville – sans doute avec un parquet dans les rouges sombres. Au risque de dilapider mon bien et de dépouiller la forêt vierge de quelque essence rare. Et puis on achètera un tapis venu d'Orient pour mettre sur le parquet de la forêt vierge, un tapis tissé main, de soie ou de laine, pas par des doigts d'enfant j'espère, et Mummi m'aidera à choisir.

Qui sait si je ne finirai pas par devenir quelque chose dans cette pièce, à force de lire sur le bonheur tout en faisant, pour de bon, sa découverte ; peut-être en ferai-je une salle de musique avec enceinte Bang & Olufsen et un grand canapé neuf. Je pourrais y écouter des messes tristes, voire des requiem avec mon amoureux, ce qui, je pense, nous irait bien, pendant que les mots non dits se fraieraient un passage entre les petits baisers à l'ancienne et les baisers d'adultes.

Je jauge mon amoureux à cheveux gris dans le cadre de la plus belle salle de séjour de la ville et je nous envisage tous deux sur fond de canapé de luxe que nous aurons choisi ensemble, peut-être sur Internet. À moins que nous ne fassions un tour dans ton vieux pays natal pour essayer le canapé. Je pourrais alors voir et entendre la version italienne de toi dans un paysage italien, où tu dirais de ta voix posée : **Écoute Lí! Regarde Lí!**

Je n'ai pas trébuché sur le seuil du café Mokka. Je suis allée droit à toi. Tu buvais ton café *medium* avec du lait comme la dernière fois, mais pas à la même table.

Bonjour et bienvenue, dis-je, je peux m'asseoir à côté de toi ?

Je t'en prie.

Et tu as souri des yeux comme avant, et aussi de la bouche – ce qui était toujours plus rare. Il y avait maintenant des rides aux commissures, suggérant plus de gaieté qu'au bon vieux temps. L'une des incisives de la mâchoire supérieure avait un peu dévié, moqueuse, et renforçait encore l'impression enjouée, inattendue, que tu donnais par ces temps nouveaux.

Je vais d'abord me chercher un café.

Non, c'est moi.

C'était une chose que tu disais souvent : *c'est moi.*

Je me suis assise et je t'ai regardé, debout au comptoir, grand échalas au charme fou, au début de notre nouveau temps, je t'ai regardé payer mon café et me l'apporter de tes mains sûres que je connaissais par cœur autrefois et dont j'ai tout de suite commencé à mémoriser l'aspect changé : les longs doigts, l'auriculaire et l'annulaire surtout, étaient maintenant un peu recourbés et les mains brunies ; tout le temps écoulé s'était logé dans ces chaudes mains. Je me suis tout de suite mise à les aimer.

Après le Mokka, nous avons repris notre déambulation coutumière. J'y étais préparée, portant le long manteau bleu-gris qui est exactement de la même couleur que la parka que tu avais trouvée pour moi au Magasin des Scouts. Le seul vêtement de couleur que je me sois acheté, à part le maillot de bain turquoise.

Nous sommes allés dans le jardin du sculpteur Einar Jónsson et nous sommes assis sur un banc parmi les statues. Les mots nous ont désertés. Mais les statues auraient eu beaucoup de choses à dire si elles avaient voulu parler, car elles conservaient tous les mots de notre histoire, et les innombrables baisers échangés dans le jardin.

Tandis que nous étions là assis, face à cette belle vue si chère à nos cœurs, tu as eu la bonté de poser ta nouvelle main brunie sur ma main incolore. Les parcelles de ma vie affluèrent à toute allure de tous les azimuts, tendant à former un tout, peut-être une nouvelle statue dans le jardin. Tout cela m'étourdit et je posai la tête sur ton épaule comme je l'avais fait tant de fois, comme je me souvenais parfaitement de l'avoir fait ici-même bien souvent.

Ce ne fut pas facile de se lever quand le moment arriva. Je dus m'appuyer sur toi. Et puis mes jambes me portèrent par la force de l'habitude quand nous traversâmes le parc du kiosque à musique pour gagner la rue du front de mer à l'ouest. Mêmes rues, aux mêmes noms, mêmes chemins. Le ciel surplombant ce soir de mai était étonnamment gris et la mer aussi. L'air fumeux de brume et la mer de métal. C'était magnifique, mais pas chaleureux. Une sorte de mort me vint à l'esprit mais je n'en fis pas mention, et les oiseaux se prononcèrent également à tue-tête contre ce genre de chose, pleins de joie de construire et singulièrement bien intentionnés dans un ciel dont la limite entre terre et mer était si floue.

Tu me conduisis par la main le long de la mer en récitant par cœur le chapitre des *Annales de Brekkukot*. Nous avions les larmes aux yeux parce que c'est si beau et aussi parce que nous n'avons jamais eu de petit garçon comme Björn de Brekkukot eut la chance d'avoir chez lui. Ils ramaient ensemble dans la barque de pêche, le vieux et le petit, partant justement d'ici, sous les étoiles fraîchement astiquées. Ils revenaient ensuite à pied jusqu'au centre, en traversant le quartier des Melar, tout comme nous.

Chemin faisant, j'appris que tu allais partir vers l'est pour aller dans ta maison de campagne, à Fljótshlid, tôt le lendemain matin, vendredi. C'est en face de l'école Melaskóli que tu me demandas si je voulais venir avec toi.

Je vis un portail s'ouvrir. Au-delà, la vie qui restait. Les cailloutis transformés en un champ continu de tournesols, de géraniums sylvestres, d'iris et de cardamines – mélange trop improbable pour être mièvre –, une larme jaillit et je déclarai vouloir venir à Fljótshlíd. Mais j'étais de garde de nuit à l'hôpital le lendemain soir.

Je serai là-bas pendant tout le weekend, dis-tu. Veux-tu venir samedi ?

Je viendrai le matin. Pas demain, mais après-demain, samedi matin.

Le sourire rare étincela. Quand tu souris ainsi de la bouche, c'est plus terrestre que lorsque tu souris seulement des yeux, mais de quelque façon que ce soit, c'est un sourire éclatant et neutre qui n'appelle jamais à prendre position, ni pour ni contre, qui se suffit à soi-même et n'exige pas de sourire en retour.

Tout le trajet depuis les Melar jusqu'à mon quartier de Thingholt, tu le passas à m'expliquer la route de la maison de campagne au toit bleu clair de Fljótshlíd, en aval de la chute de Gluggafoss, avec beaucoup de digressions.

Venant de toi, une description minutieuse d'itinéraire avec digressions n'est pas lassante. Tu as toujours su n'être pas lassant, quels que soient la longueur et les détails – c'est ton style – donnés, par exemple, sur les gravillons et les fossés. Il se trouve – aussi incroyable que cela puisse paraître – que tu es tout aussi capable d'écouter longtemps longtemps longtemps, sans rien dire, encore qu'on ne puisse prétendre que tu gardes le silence quand le sourire gagne tes yeux, et cela tombera bien maintenant, quand toutes les histoires non dites se déverseront à Fljótshlíd, dont une avec une nouvelle fin que je dois aller récolter dans une maison de Hafnarfjördur où j'aurais dû me rendre depuis longtemps.

Tu me donnas deux baisers célestes sur le Sentier de l'Hôpital, je te les rendis et, laissant la Mazda sur le trottoir où elle était, je rentrai à pied à la maison de ma famille et toi à la tienne.

Une ancienne félicité était sur le point de déployer ses ailes et j'avais déjà commencé à perdre des forces. Je n'étais pas dans mon assiette, comme lorsqu'on a la grippe et un peu mal aux os. Je me réfugiai donc dans ton itinéraire menant à la maison de campagne au toit bleu clair et le transcrivis à ma manière sur deux feuilles de format A4. Qui sait si je ne les emporterais pas avec moi à Fljótshlíd juste pour m'amuser.

J'étais toute remuée à la pensée des caresses à venir et de la longue histoire de tout ce qui n'est pas su ; peut-être devrais-je, par exemple, t'épargner le récit du jour où je me réveillai du grand sommeil, parce que tu m'avais prise tellement à cœur, comme en témoigne la parka gris-bleu du Magasin des Scouts. Et je perdis encore un peu de force du fait de la félicité imminente et de celle qui venait de commencer, attendrie aux larmes sur moi-même, et les trois mandolines, vestiges d'un orchestre qui fut dissous à ma naissance, sont encore à l'œuvre dans le salon vert rouge foncé (les vieux cœurs marchent au sherry puisqu'on chantonne en jouant) et le timbre dominant de Ragnhildur, que les cigarettes à la chaîne n'ont pas étouffé, non plus que le chagrin d'amour de toute une vie, ni les enfants morts dans son service.

Il est des graines
tra la la la la laire…

Je me réveillai toute contente et comme étourdie après un long sommeil épais, tel que j'en connaissais du temps des promenades avec mon amoureux. Fljótshlíd était dans mon rêve, avec une quête de la maison au toit bleu clair que je ne trouvais pas, bien que je fusse presque arrivée à destination dans ma voiture de sport, mais je savais que je la trouverais aussitôt, en état de veille, car la route n'était pas compliquée et ton **itinéraire** était précis, recopié par moi-même qui plus est, avec des divagations.

J'aurais bien pu partir avec toi à Fljótshlíd, maintenant, tout de suite. J'aurais pu échanger mon service de nuit avec Erla ou bien Tota. Mais j'avais à liquider une affaire qui ne souffrait aucun délai. Avant d'aller à Fljótshlíd, il fallait que je finisse par parler à Dór, la fillette aux tresses. C'était lié à mon retour et à nos retrouvailles par des voies complexes et détournées. La vie était en train de former un tout, à une vitesse vertigineuse, sans crier gare ; il fallait que cela se fasse sans double travail, avec une nouvelle fin provenant d'une maison de Hafnarfjördur, avant que mon amoureux charmant (comme le prince de Dór dans le conte) et moi puissions entamer la vie même en des temps nouveaux avec des caresses à Fljótshlíd et les rénovations espérées des maisons aux deux endroits.

LE CONTE DE DÓR, FILLE DE ROI

La princesse Dór venait de naître lorsque la mer la déposa sur le rivage du Port. Elle était dans une corbeille d'osier comme Moïse. Les ouvriers du Port lui sauvèrent la vie et la réchauffèrent en mettant de l'eau chaude dans des bouteilles. L'un de ces braves hommes était fiancé à Nellí Rósa, couturière de son état dans Grettisgata et c'est là qu'il se rendit avec la pauvre enfant, plus morte que vive après ses tribulations.

Nellí Rósa accueillit la petite fille à bras ouverts et l'éleva comme son propre enfant, jusqu'à ce qu'elle se mît à boire trop d'alcool et à brouter de l'herbe parce que l'ouvrier l'avait abandonnée. C'est alors qu'arrivèrent de méchantes sorcières à Grettisgata et elles emportèrent Dór ainsi que son lit. L'enfant ne se réveilla pas mais Nellí Rósa, folle de chagrin, brouta encore plus d'herbe et aurait été contente de n'être jamais née.

Nellí Rósa avait toujours une photo de la petite fille sur sa table et se languissait d'elle plus que la meilleure des mères.

Nellí Rósa ne tarda pas à quitter Grettisgata, sans emporter de robe de dimanche, et s'en alla saler le hareng dans quelque fjord. Elle gagna de l'argent à une vitesse prodigieuse et en mit une partie de côté dans un baril. Alors les méchantes sorcières lui rendirent Dór ainsi que le lit et l'édredon et il y eut de grandes réjouissances dans la maison verte comme l'herbe, sur la grève.

Dór connut de très bons jours chez Nellí Rósa, qu'elle appelait naturellement maman, et elle passa de longs moments enrhumée et allongée dans le salon bien chaud où il n'y avait pas d'humidité. Elle avait même un poisson rouge nacré dans un bocal. Une voisine, handicapée moteur, veillait à ce qu'elle ne manquât de rien quand sa mère redoublait d'efforts pour la prime de rendement qui lui permettrait d'acheter plus de choses encore pour sa Dór.

Dór devint bientôt très difficile en matière d'alimentation après son retour chez Nellí Rósa, se nourrissant surtout de crêpes et de chocolat et aussi de malt et de bouchées au chocolat fondant quand elle avait la grippe. On allait jusqu'à lui apporter des boules à la noix de coco dans son lit. Elle engraissa dans cette vie de délices et devint exagérément sensible du cuir chevelu, avec ses tresses beaucoup trop longues que sa mère n'avait pas le cœur de couper, étant vraiment une bonne personne. Sa mère pouvait passer une demi-heure à peigner les cheveux de Dór et à les tresser avant d'aller se pencher sur les caques de hareng, et comme on peut s'en douter, elle était épuisée. C'était pourtant avec joie qu'elle se sacrifiait ainsi car elle aimait tendrement sa petite fille.

Un jour que Nellí Rósa était en train de batailler avec une touffe de cheveux de Dór, la douleur au cuir chevelu mit celle-ci de si mauvaise humeur qu'elle dit : Est-ce qu'il ne fait pas beau pour aller se pendre aujourd'hui ?

Nellí Rósa se mit à sangloter en entendant cette question bizarre. Dór regretta aussitôt ses paroles car elle était loin d'avoir un mauvais fond.

Nellí Rósa lui raconta enfin comment on l'avait trouvée dans une corbeille d'osier dans le port, avec une chaîne d'or autour du cou et portant une toute petite couronne en or.

Dór fut bien songeuse après avoir entendu cette histoire et décida d'amender sa conduite. Elle entreprit de faire le ménage dans la maison verte et quand sa mère rentrait, pâle de manque de sommeil à cause de la prime de rendement, tout était impeccable.

Dór prit l'habitude de descendre sur le quai. Elle vit une fois l'image de son père, le roi des profondeurs sous-marines, se refléter dans la mer. Il lui sembla avoir l'air triste avec ses longs cheveux qui ondulaient au loin et parmi lesquels nageaient des poissons de fond et autres flétans avec des harengs islando-norvégiens. Elle l'entendit appeler son nom dans un chuchotement, DÓ-Ó-R. Elle décida alors d'obéir à la malheureuse voix, mais elle ne pouvait disparaître pour rejoindre son père sans prévenir Nellí.

Elle rentra donc à la maison verte et écrivit le message suivant :

Je retourne à l'endroit d'où je suis venue. Le devoir m'appelle. Adieu, bonne mère.

Le père l'accueillit à bras ouverts et sourit enfin, bien qu'il fût triste également car il avait perdu sa reine, qui était la vraie mère de Dór. Il conduisit sa fille par la main au fond du dédale de ses palais, qui rappellent Venise à l'envers, et elle deviendra avec le temps reine sous la mer et un beau prince charmant plongera un jour pour la rejoindre.

LES PRÉVISIONS DE LA MÉTÉO se révélèrent justes. Le jour et l'heure étaient justes aussi. Il n'est que cinq heures et demie du matin. J'ai pris un bain avec un masque de beauté et de la crème nourrissante. Je me suis enduite d'huile de la tête aux pieds et j'ai presque fini de me sécher les cheveux. Je vais les faire éclaircir après le week-end, mais quand même pas aussi blonds qu'en notre bon vieux temps.

Je m'attardai devant mon image dans le miroir fumé avec éclairage halogène incorporé. On voit dans ce miroir de haute qualité que les seins sont encore sur le buste comme des corps étrangers ; mais pas pour la même raison que lorsqu'ils venaient de se former. Ils se sont maintenant incrustés et se cramponnent obstinément à leur place. Ils ne se sont pas affaissés d'un millimètre depuis leur apparition, ils ne se sont orientés ni à droite, ni à gauche, ni vers le milieu, et les aréoles brun clair des mamelons sont aussi fraîches qu'autrefois. Les deux petites bouches affamées n'y ont rien changé. Pendant que tout le reste changeait.

Le ventre est marqué de quatre stries de vergetures après avoir hébergé mes deux filles. Mes chevilles sont bleuies de capillaires éclatés et mes mollets de varices naissantes. Une peau d'orange classique couvre les cuisses et le haut des hanches.

Je n'ai plus les mains jeunes ni les yeux transparents. Quiconque a vu mourir autant de gens que moi et essayé de leur faire du bien quand ils étaient vivants, à moitié morts et défunts, ne peut avoir les yeux limpides ni les mains soignées.

Je porte souvent des pulls fins, sans soutien-gorge, avec un petit haut de soie en dessous, à la rigueur ; il faut bien étaler ce qu'on a, même si l'on n'a pas d'intentions déclarées. Je vais mettre le pull turquoise que j'ai acheté hier en allant chez Dór, puisque le temps des couleurs est enfin arrivé.

Je déposai mon petit sac de voyage près de la porte d'entrée pour être sûre de ne pas l'oublier et montai à l'étage. Maman inverse maintenant le jour et la nuit et l'on peut s'attendre à la trouver dans la cuisine, portant la robe de chambre à carreaux de papa, à toute heure du jour ou de la nuit.

Bonjour chère maman, tu n'as pas pu dormir ?

J'ai dormi un peu. Mais j'ai fait un mauvais rêve.

N'y pense plus. Les rêves ne veulent rien dire.

Le silence du matin, fardeau pesant sur Sjafnargata, sur cette maison de pierre grise aux murs épais, à la longue allée et au jardin anormalement profond, s'installa sur la cuisine et sur le reste des trois cent soixante mètres carrés.

Prends un café ma petite. Ça ne vaut rien de se rendre sur les lieux des sagas avec l'estomac vide. J'ai même fait du porridge.

La cuisine, royaume de Ragnhildur, s'éclaircit et je ressentis quelque chose qui ressemblait à de la gratitude tout en m'attardant sur le seuil à regarder le vieux visage de ma mère, de

Ragnhildur, qui dans son entêtement à être bonne, l'était trop pour pouvoir penser à ses propres enfants en bonne santé aux dépens des enfants malades de l'hôpital, si tant est qu'elle fût consciente d'avoir des enfants.

Mais le hasard avait voulu que la petite fille vécût assez longtemps et finît par devenir l'enfant de ses parents. Elle s'était mise à dire tout bonnement maman comme si de rien n'était. La petite fille avait vécu si longtemps, et la maman aussi, qu'elle finit par avoir du porridge de maman le matin avec du miel et de la crème.

Un porridge de maman tardif, compensation pour quelque chose dont j'ignore jusqu'à la nature, on ne peut en espérer plus à l'issue d'une vie. Ce qui aurait dû être (*the real thing*) se terre derrière les compensations comme l'ombre d'un arc-en-ciel. L'arc-en-ciel lui-même, ce qui aurait dû être, ne se voit même pas.

Toute l'existence, une tripotée de compensations pour quelque chose qui manque. Sauf que toi et moi à Fljótshlíd, nous attraperons peut-être l'arc-en-ciel par la queue, et pas seulement son ombre.

Bon voyage, ma belle enfant, dit-elle pour finir, et je déposai un baiser sur la joue de Ragnhildur ma maman et lui caressai les cheveux qui n'étaient pas tout à fait gris.

Merci chère maman.

En descendant l'escalier, ces mots patinaient dans mon esprit : Belle enfant.

Bon voyage ma belle enfant.

Cela aurait pu être tiré d'un conte, tant c'était féerique et chaleureux.

Maman Ragnhildur m'avait appelée belle enfant.

Ça me montait à la tête. Comme si j'avais bu du champagne avec le porridge.

La Belle au bois dormant
était une belle enfant,
trala la, trala la…

Et elle dormit plus de cent ans,
trala la la laire…

Je pris mon petit sac près de la porte et sortis dans l'hyperclarté de Sjafnargata au mois de mai, dans l'aube d'avant le début du jour. Le jardin dansait comme le matin où Haraldur mourut et où je me changeai en son enfant, enfin.

était une belle enfant,
trala la, trala la…

Assurément pas en barracuda comme la dentiste du quartier de Thingholt autrefois, mais dans une bonne voiture tout de même, une infirmière au volant d'une Mazda sport, en route pour retrouver à Fljótshlíd l'amoureux aux cheveux gris qui attend avec le café (pas sûr, à peine réveillé), mais qui attend avec des caresses bien choisies, généreusement servies et très bien accueillies, spécialement conçues pour faire de la vie un tout qui se tienne. Rien d'autre que ces caresses, justement, ne parviendrait à fabriquer une vraie vie, en couleurs véritables, à partir de ce morcellement incolore. La preuve était faite.

Les compensations n'étaient plus à l'ordre du jour, quel mot affreux, ces compensations, et bien trop courant dans la vie de tous les jours, non, il s'agissait maintenant d'attraper ce qui aurait dû être, de faire désormais du poème la vie elle-même, de ne plus rester transie dans la froidure de l'intervalle compensatoire entre les poèmes et la vie.

C'était au petit garçon que je pensais en fonçant à travers le flot de lumière de mai avant que les autres ne soient sur pied pour se faire éclairer par elle. Il y avait une surbrillance dans les feuilles nouvelles sur les branches qui fuyaient le long du boulevard circulaire, à l'endroit qui s'appelait Klambratún lorsque nous marchions ensemble aux bons vieux jours, au soleil et dans le vent comme maintenant, par tous les temps, dans la neige qui tombe doucement, dans la brume…

Je n'avais jamais perdu de vue ce petit garçon qui te ressemblait, monté en graine, avec de beaux yeux. S'il m'avait fallu trier et faire un tas de tout ce que je désirais, ce petit garçon aurait été en haut de la pile. Et Dieu, ou quelqu'un d'autre, avait fait en sorte qu'il était encore possible d'avoir ce petit garçon-là. Allez savoir si toi aussi le souhaitais. On verrait bien, plus tard, à Fljótshlíd, au matin et toute la journée de samedi.

Ce qui est sûr, c'est que tu récitas le chapitre des *Annales de Brekkukot* de Laxness, dans la rue du bord de mer, dès le début de notre nouveau temps :

Je pensais souvent à quel point le sauveur avait été bon de m'envoyer à cet homme pour le soutenir et l'épauler, et je résolus de rester près de lui tant qu'il vivrait et d'aller toujours à la pêche au lompe avec lui les derniers mois d'hiver. Et j'espérais que Dieu ferait en sorte qu'il ne me quitte pas avant que je ne sois moi-même en bonne voie de devenir aussi vieux que lui ; alors je trouverais quelque part un petit garçon qui viendrait ramer avec moi pour aller relever les filets tôt le matin...

Ce qui est curieux, c'est que je ne mettais pas ton et mon petit garçon en rapport avec ce qu'il fallait faire pour le fabriquer et, bien que j'aie honte à le dire, j'étais sans force face à cette pensée. En même temps, j'étais heureuse de rouler sur le haut plateau pour aller vers toi au lever du jour.

Je connaissais cela depuis le temps où nous avions été adolescents ensemble ce printemps-là, que la félicité et la faiblesse s'entrelaçaient autour de ma tête en une tresse interminable. Il fallait maintenant me ressaisir pour conduire une Mazda sport légère comme une plume et faire toute la route jusqu'à l'objet des réjouissances avec l'espoir de rassembler les fils de ma vie, aussi effilochée fût-elle, de tresser de ces fils un cordon solide à nouer d'un nœud lâche autour de ma taille, comme tu nouas tes bras d'ado autour de moi la seule fois de ma vie où j'existai. (D'accord, j'ai peut-être existé aussi quand mes filles étaient petites mais c'était autre chose.)

Et les inquiétudes tenaient compagnie à la félicité et à l'espoir sur la route menant vers toi, à l'est de la montagne. Je me consolais en me disant qu'il ne pouvait en être autrement selon le poème de Sigfús Dadason. Elles vous poursuivent jusqu'à la mort, ces déesses, dit le poète, *altières, élancées et superbement galbées*.

C'étaient surtout des inquiétudes au sujet de nos caresses convenues de Reykjavík et l'incertitude quant à notre aptitude à les faire naître en d'autres temps et d'autres lieux. Ces superbes inquiétudes ne se laissaient pas réduire par la pensée de seins aussi fermes que si un sculpteur les avait modelés, haut perchés sur une cage thoracique bombée et si loin de la taille que l'effet de la sculpture en était sublimé.

Tandis que le soleil se haussait avec précision et illuminait la mousse exactement comme je me l'imaginais dans le poème du champ de lave vert clair, j'évitai de penser davantage à ton attitude à l'égard des caresses à la mode des adultes, dans l'est à Fljótshlíd. Je ne connais rien à la philosophie mais je pensai à Kierkegaard, au saut existentiel dans le noir, sur lequel j'avais lu quelque chose dans le magazine danois *Familie Journalen*, et je récitai le poème à mi-voix :

Bientôt rien ne nous séparera plus
hors le champ de lave vert clair
où dansent rayons et fougères.

Ta chère main me mènera
là où commencent les ombres

et rien ne séparera plus ta main de la mienne.

Ce serait un matin de mai. Ça ne pouvait être le matin d'aucun autre mois. Après avoir hésité, s'être détournée avec dédain, être partie en claquant la porte, après avoir été d'une lenteur intolérable à passer et s'être finalement mise en route avec des secousses, la vie commençait enfin, elle était sur sa lancée et, qui plus est, un rêve s'était réalisé. Un seul rêve et il n'y en avait pas d'autres.

À Fljótshlíd attendaient les caresses. Ce à quoi elle avait renoncé depuis si longtemps qu'elle avait du mal à se rappeler depuis quand. Elle ne s'était pas attendue à d'autres caresses dans la vie et puis elle avait d'autres choses à l'esprit en veillant les mourants et en rénovant les pièces de la maison.

D'autres choses à l'esprit, quand ce qui était impensable se produisit. L'équivalent d'un amant mort revenait sous une forme vivante. Celui qu'elle avait regretté de toutes les forces qui lui restaient après d'autres travaux. Celui qui lui avait manqué pendant qu'elle portait les enfants d'un autre homme, pendant qu'elle faisait les courses, pendant qu'elle parlait à voix basse aux grands malades et aux moribonds, pendant qu'elle faisait la vaisselle.

Quand Unnur et Ása étaient petites, elle avait rêvé qu'il était leur papa et qu'ils se promenaient tous les quatre au bord de rivières scintillantes et de lacs transparents. Surtout au printemps et en automne.

Unnur et Ása grandirent dans un double espace vide, dans la nostalgie qu'éprouvait leur maman et dans le fait que celui qui lui manquait tant n'était pas leur papa. Pas le papa d'autres enfants non plus. Elle n'osait se demander si c'était pour elle une consolation. Ça n'aurait pas été joli joli.

Elle se soupçonnait elle-même d'avoir choisi la profession d'infirmière, avec les soins palliatifs comme spécialité, pour estomper le regret qu'elle avait de son amoureux, la nostalgie des caresses justes et d'une présence à cent pour cent. Car c'était surtout au seuil de la mort des autres qu'elle oubliait de penser les pensées principales : ça me serait égal de n'avoir pas existé. Il aurait mieux valu ne pas avoir à exister.

Une fois qu'il était revenu avec ses cheveux gris et ses mains brunies, elle comprit que l'amertume était la tonalité de base de l'existence. La nostalgie ou l'amour beaucoup moins. L'amertume d'avoir été privée de quelque chose. (De tout ? De la seule chose qui compte ?) Elle comprit qu'il lui faudrait mettre tout en œuvre pour susciter l'amour, car l'amour lui-même était dans les brumes effilochées du temps, bien qu'elle eût cru le contraire.

Elle examina son visage de quarante-trois ans dans le rétroviseur et, ma foi, il était joliment fatigué. Une garde de nuit difficile, bien que personne ne soit mort pour de bon. Pas couchée avant une heure et demie. Et puis elle s'était réveillée à cinq heures pour pouvoir se mettre en route une heure plus tard en devançant le jour et arriver à sept heures et demie à Fljótshlíd où l'homme l'attendait enfin, après la moitié de deux vies, dans les trilles ornementés des oiseaux de mai et sous aucun nuage au ciel.

Elle aurait voulu présenter ce qu'elle avait de mieux avec un visage reposé. Mais le visage ensommeillé était son vrai visage et le manque de sommeil un état permanent depuis ses débuts dans le métier d'infirmière.

Elle tenait le coup en prétendant qu'elle n'avait pas besoin de plus de quatre heures de sommeil. Ce n'était pas vrai. Elle avait bien supporté l'insomnie quand elle était plus jeune. À présent, ayant enfin cessé les gardes de nuit, un sommeil injustifié s'abattait sur elle par moments, avec tant d'insistance qu'elle tirait les rideaux noirs et dormait douze heures, quatorze heures d'affilée. Dans son sommeil, elle rendait grâce à Dieu de n'avoir pas de mari pour demander : Où a bien pu passer l'annuaire du téléphone. Elle rendait grâce à Dieu du fait que ses filles s'étaient mises en ménage. Elle rendait grâce à Dieu du fait que Ragnhildur ne s'occupait pas de son repos. Elle avait rajeuni de cinq ans dans le miroir, lorsqu'elle se réveillait après avoir dormi douze heures. Le jour suivant, les années étaient retombées sur elle.

L'homme aux cheveux gris aurait peut-être déjà préparé le café du matin à Fljótshlíd car il se levait toujours avant sept heures, le plus souvent vers six heures ou six heures et demie. Il avait conservé cette habitude de ses jeunes années. Ça le prendrait vraiment au dépourvu de la voir arriver si tôt, sachant qu'elle avait été de garde la veille au soir. Elle avait l'intention, qui plus est, de faire à pied le dernier bout de chemin pour qu'il soit encore plus surpris. Il lui faudrait alors garer la voiture à bonne distance car le calme du matin règne sans partage à Fljótshlíd et le claquement d'une portière s'entendrait dans toute la contrée.

Cet homme qui aurait préparé le café du matin l'a aimée juste le temps où elle était elle-même, fraîchement sortie de la gousse moisie de l'enfance, avant que le savoir ne vienne, avec l'amertume, à la lumière de la compréhension d'une personne devenue adulte.

Elle ne lui avait rien dit, du moins rien de spécial. Il savait pourtant exactement – et personne d'autre que lui – qui elle était et comment elle était ; il avait gardé ce secret pendant qu'elle existait en d'autres lieux du monde et qu'elle s'occupait des enfants d'un autre.

Quand Unnur et Ása étaient petites et que je faisais des gardes de nuit à Copenhague, tu planais autour et au-dessus de nous, mais le temps était trop fragmenté pour une pensée d'un seul tenant. Quand les petites filles se mirent à grandir et que je cessai les veilles de nuit, mes pensées revêtirent ton image, qui devint mon paysage quotidien. Et dans la rue piétonne du centre-ville aussi bien qu'à Vesterbro, il apparut que le jour et le lieu ne comptaient pas, en dehors des mois que nous avions passés ensemble. Que la soi-disant vie ne comptait pas puisque tu n'en faisais pas partie. Je maintins délibérément mes filles à l'écart de ces pensées, auxquelles nul n'avait affaire sauf toi et moi.

Le seul nuage au ciel s'effilochait au-dessus du glacier et je pensais à la façon dont je pense à toi, tout en suivant des yeux le nuage en voie de disparition. Je ne voyais pas que mon désir de toi visait quoi que ce soit en particulier. C'était au contraire un désir global comme la faim, la soif ou une curiosité intense d'un sujet défini et, de ce fait, insatiable. Si ce désir devait viser quelque chose en particulier, ce serait peut-être le chuchotement à l'oreille comme à la piscine : Je vais sortir de l'eau, et puis la présence de tes doigts, vague pourtant, jusqu'à ce que ce nuage unique se fût complètement dissous.

Un peu distraite. Pas mieux que Ragnhildur autrefois. Elle ne sut pas d'où vint le choc et ne le perçut, à vrai dire, qu'après coup, après avoir pensé : c'est un choc.

C'est à peine si elle l'entendit.

Qu'elle ait pu acquérir un tel entraînement dès la petite enfance chez une Ragnhildur et un Haraldur à côté de leurs pompes. Pour qu'elle n'enregistrât même pas le choc, pas tout de suite. Le choc définitif peut-être. L'entendre à peine, si faiblement, au point de n'en être pas sûre.

Elle ne sentait rien. Elle n'avait pas commencé de souffrir. Mais c'était prévisible, le signe douloureux que tout était peut-être fini.

Non, comment serait-ce possible ?

Elle qui commençait d'apercevoir le toit bleu clair du bienheureux chalet d'été où un homme éveillé attendait avec le café – OK, peut-être n'avait-il pas vraiment commencé d'attendre. Il ne pouvait pas savoir qu'elle serait en route de si bonne heure.

Comment cela pourrait-il être fini ? Elle qui était enfin allée trouver Dóra, la femme qui existait et habitait quelque part.

Elle pouvait s'estimer heureuse de l'avoir rencontrée. Ainsi la séparation, si c'était bien de cela qu'il s'agissait, serait beaucoup plus propre et plus nette – et la netteté est un élément-clé quand il s'agit de quitter la vie. Celle qui travaille avec la mort des gens est payée pour le savoir. En revanche, elle ne ferait pas un cadavre bien net et le pull turquoise que j'ai acheté à la galerie marchande sur la route de Hafnarfjördur sera taché de rouge lorsqu'on me trouvera disloquée sous le volant. Espérons que ce ne sera pas toi, en l'honneur de qui j'ai mis ce pull, avant que la journée de samedi ne commence.

Faut croire que j'étais pressée de rencontrer Dóra qui existait bel et bien, avec adresse et tout, à Hafnarfjördur. Si j'avais échangé mon service de nuit avec celui d'Erla ou de Tota et si j'étais partie pour Fljótshlíd en compagnie de l'amoureux aux cheveux gris hier, vendredi, au lieu d'aller à Hafnarfjördur, puis à ma garde de nuit, ce choc m'aurait été épargné. Nous serions partis dans ta voiture. Tu aurais conduit bien entendu. C'était une des choses que j'attendais avec le plus d'impatience. Être en voiture avec toi et voir tes nouvelles mains sur le volant, brunies de soleil, avec l'annulaire et le petit doigt légèrement recourbés.

Dóra à Hafnarfjördur fut étonnée lorsque je lui téléphonai et ne put le cacher. Mais elle essaya aussitôt de me faciliter les choses quand elle perçut le mal que j'avais à énoncer l'objet de ma démarche. C'était certainement une bonne personne. Mais même si la personne était bonne, j'étais angoissée à l'idée de la rencontrer parce qu'elle n'existait qu'à l'image que je m'en étais faite.

J'avais peur aussi d'en dire trop. Il ne fallait pas que cette femme sache que j'étais venue à Grettisgata la veille de la mort de Nellí, que celle-ci avait dit : C'est fini, et avait souri, qu'elle était en train de mettre tout en ordre chez elle avant d'en finir, que j'étais retournée à Grettisgata le lendemain, bien que Nellí eût décliné les visites, que c'était moi qui l'avais trouvée.

Incroyable que mon amie imaginaire de jeunesse ait eu l'idée de s'installer dans le champ de lave qui faisait partie de mes rêves depuis l'enfance, liés aux sorties dominicales en voiture. Juste à côté de Hellisgerdi, ce parc enchanté avec un singe et des petites maisons à la Fifi Brindacier tout autour et moi, errant dans le jardin à la recherche du cheval de Fifi que j'appelais Cheval Soleil, bien qu'il eût un autre nom dans le livre. C'est là que je voulais habiter. Mais ce fut Dór qui s'installa dans l'une de mes petites maisons avec un toit vert.

Je restai dans la Mazda après l'avoir garée et observai la maison et les plaques de lave du mur du jardin et le portail en bois ouvragé. Tout était si soigné et le jardin si bien peigné que l'on pouvait imaginer une foule de résidents appartenant à la race particulière des nains toiletteurs, qui ne faisaient que le fignoler tout au long de l'année : ratissant, élaguant les arbres jusqu'au bout des brindilles et incitant les fleurs à s'épanouir dans des dimensions nouvelles et plus éclatantes.

Sur la belle porte d'entrée rouge-brun une plaque de cuivre bien astiquée portait les noms :

DÓRA, PAVEL, NELLÍ, SOFFÍA
TIGRID

Comme c'était beau de la part de Dór de baptiser son enfant Nellí, d'après la Personne isolée et la Malheureuse. Ça lui ressemblait bien, à Dór, telle que je la connaissais. Dór qui s'était installée à un endroit de rêve peuplé d'êtres surnaturels du temps où j'étais petite, Dór qui avait épousé un homme de la ville de mes rêves, Prague, et obtenu d'adopter son nom tchèque, Tigrid. Dóra Tigrid, c'était magnifique.

La femme qui m'ouvrit ressemblait tellement à Nellí que j'en oubliai les bonnes manières et m'assis près de la table basse du salon avant d'y être invitée. Elle avait le visage allongé comme celui de Nellí, avec ses pommettes hautes et ses yeux marron. Les cheveux tiraient sur le roux comme ceux de Nellí, fins et ondulés. Elle parlait comme Nellí. C'était la même musique des phrases qui se terminaient sur un ton semi-interrogatif, alors qu'elle ne posait aucune question.

Il me sembla connaître cette femme à fond, depuis très longtemps – et qui plus est, son salon était comme découpé dans la maison verte du fjord au hareng, où mère et fille auraient pu partager une nouvelle vie. Il y avait une tenture murale tissée, des coussins cousus main, un caoutchouc en pot qui atteignait le plafond. Sa propre photo avec des tresses était à sa place sur le bureau poli, comme dans la maison verte. Quelqu'un avait eu la pensée de conserver cette photo et de la faire parvenir à sa destinataire. La police ? Un parent ?

Il y avait donc un peu d'espoir que mon sujet de préoccupation n'eût pas lieu d'être, que le coffret bleu clair portant le nom brodé fût parvenu à l'enfant de ce nom. Mais j'avais beau scruter autour de moi, le coffret n'était pas exposé dans le salon, parmi les jolis bibelots, la collection de pierres et les photos de deux petites filles qui devaient être Nellí et Soffía. Elles pouvaient bien être jumelles, tout le portrait de leur mère. Le mot unipare me vint à l'esprit. J'étais sur le point de demander si elles étaient des jumelles unipares, au lieu de dire du même œuf.

J'étais de toute évidence tellement étourdie qu'il s'en fallut d'un cheveu que je ne commence à débiter des sottises et peut-être à en dire trop sur le fait que j'avais rencontré Nellí sur le tard dans sa vie et sur ce que je vis lorsque j'arrivai à Grettisgata avec le vase violet dans mon cartable. J'aurais préféré me taire, mais la femme n'était pas causante et il incombe à celui qui s'invite dans un certain but, d'alimenter la conversation.

La grande tenture murale me sauva la vie, avec son motif semi-abstrait de vie marine, tissé dans les bleus et les verts avec des fils brillants faufilés par endroits. Je dis que je n'avais jamais vu de tel tissage. Il apparut que la femme était professeur de couture et travaux manuels et qu'elle était l'auteur de cette tapisserie d'un bout à l'autre.

Elle ajouta : Maman était si habile de ses mains. Elle m'avait déjà appris à tricoter quand on m'a retirée.

Qu'elle puisse dire cela, comme ça directement, sans changement de tonalité de la voix : *quand on m'a retirée.*

Sa pondération aurait dû m'aider, mais j'avais malgré tout le plus grand mal à en venir à l'objet de ma visite. Je recourus au stratagème consistant à me houspiller, comme j'avais appris à le faire quand j'étais petite (il fallait bien que je fournisse les remontrances moi-même du fait qu'il n'y avait personne d'autre pour s'en charger). Qu'est-ce que ça veut dire de ne pas être fichue de se comporter comme une personne normale et de dire ce que j'avais à dire alors que la femme est si posée – une enfant qui a eu le malheur d'être retirée à sa mère, pauvre comme Job, avec son lit et tout.

Les mots arrivèrent d'abord de manière hésitante et avec des pauses, puis ils jaillirent en phrases de longueur inégale. J'avais les joues en feu comme si j'étais en train d'arracher les pierres d'un barrage. Dieu sait de quels yeux Dóra Tigrid a bien pu me voir tandis que le flot de l'histoire se déversait de ma bouche.

Je lui dis qu'il y avait longtemps que j'avais découvert qui elle était, que j'avais toujours pensé à elle, que j'avais tenu tout particulièrement à lui raconter ma rencontre avec sa maman.

La femme me regardait, incrédule, comme si elle pensait que j'étais en train d'affabuler, puis elle demanda tout à coup : Comment était la situation ?

Pas de situation, et les mots continuaient à se frayer un passage. Sa maman m'avait caressé la joue et m'avait donné des crêpes encore tièdes. La photo de Dór était sur la table, chez sa maman, cette photo-là, dans le même cadre. J'avais envié la petite fille de la photo d'avoir une maman qui s'y connaissait en double travail – ce dont il fallait se méfier, surtout quand on se mettrait en ménage, en essuyant d'abord les tables, puis les sols –, le double travail étant en réalité l'un des péchés capitaux.

La femme hocha la tête en souriant et j'en conclus que Nellí l'avait aussi mise en garde contre le double travail qui était un péché capital quand on se mettait en ménage.

Sa maman avait tout de suite vu que j'étais pâlotte et maigrichonne et non potelée comme sa fillette à elle, avec des nattes. Tout était un peu spécial chez moi, bien que je ne m'en fusse pas aperçue à ce moment-là, et on m'avait coupé les tresses, sans un mot, quand la bonne allemande était partie, qu'il n'y avait plus personne pour me natter les cheveux et qu'ils s'étaient transformés en une masse d'étoupe.

La femme ne dit rien, mais elle compatissait à mon malheur. J'ai toujours bien aimé bénéficier de la compassion des inconnus parce qu'elle est sincère et qu'elle ne dure pas longtemps. J'en profitai tant qu'elle dura et me tus.

Est-ce que vous avez pu garder vos tresses à l'autre endroit, demandai-je ensuite, pensant à toutes les fois où j'avais récité la prière des nattes : *Mon Dieu, faites que la petite Dór ait pu garder ses tresses pendant qu'on l'a retirée.*

Oui, dit la femme, j'ai pu les garder, mais elles n'étaient pas bien vues.

Puis elle dit : Je ne voulais pas appeler ma mère nourricière maman. Elle n'était pas ma mère et je ne comprenais pas pourquoi je devais l'appeler maman. J'ai fini par recevoir une fessée au bout de plusieurs mois de refus obstiné. Après ça, je m'appliquai par tous les moyens à ne l'appeler ni maman ni par son prénom.

Moi, j'appelais toujours ma mère Ragnhildur et mon père Haraldur. Mummi, mon frère, en faisait autant. Et puis nous nous sommes mis à les appeler les Époux entre nous.

Ah oui ? dit la femme, comme si elle croyait que je recommençais à charrier.

Je me surpris soudain à aborder le chapitre que j'avais voulu éviter : comment j'avais tellement pensé à elle quand j'étais petite et comment je l'avais prise pour amie et âme sœur et lui avais parlé au téléphone sans avoir d'autre réponse que la tonalité du récepteur et ma propre imagination.

Je me mis à rire et elle aussi, mais avec un soupçon de doute, comme si elle était peut-être en train de parler à une personne dérangée. Qui sait si ce n'était pas le cas ?

Je me disais toujours que votre maman était partie en province, que vous l'aviez rejointe et que votre maison, peinte en vert, était sur la grève, et que vous vous la couliez douce toutes les deux, parce que votre maman salait le hareng et gagnait des primes de rendement.

C'était gentil de votre part, dit la femme. Ç'aurait été bien si ç'avait été comme ça.

Son visage ne bougea pas, sa voix non plus. Elle se tut, cette Dór adulte, attendant que j'en dise plus. Elle savait qu'il y avait quelque chose et maintenant il fallait que ça sorte car le temps tirait à sa fin, mon service de nuit allait commencer et il était exclu que je franchisse la porte de cette maison de poupée pour sortir dans le champ de lave de Hafnarfjördur sans avoir eu des nouvelles de l'écrin bleu clair avec un nom brodé, sans que je raconte le goûter chez Nellí. Si je ne poursuivais pas maintenant, je ne le ferais jamais. Et cette visite tant désirée serait comme nulle et non avenue, pièce manquante du puzzle d'une vie entière qui était en voie de se compléter à la vitesse de l'éclair, en ces temps nouveaux où l'amoureux aux cheveux gris attendait.

Il était primordial de ne rien dire sur la date du goûter d'anniversaire chez Nellí, alors que ce n'était l'anniversaire de personne. C'était le jour d'avant. La dernière journée entière qu'elle vécut – il n'y en eut pas d'autres –, car elle mourut à l'aube selon le rapport de la police et c'est vers midi que je la trouvai, en arrivant avec un cadeau pour elle dans mon cartable, un vase violet que j'avais subtilisé dans la bibliothèque de Sjafnargata sans qu'il me vînt à l'idée que je l'avais fauché.

Il ne fallait pas laisser échapper que j'avais vu le bout de tissu bleu clair quand la dernière lettre manquait au nom et que l'aiguille enfilée de bleu foncé était piquée en travers du R de Dór, car la femme soupçonnerait alors que ça avait été à une heure très avancée de la vie de sa mère. Je ne devais rien dire non plus des cardamines des prés, car elles ne fleurissent guère avant le mois de mai. Il serait plus sûr de s'en tenir aux pissenlits. Ils peuvent s'épanouir dès avril au pied de certains murs du centre-ville. Si elle me demandait quand exactement j'avais vu sa mère en dernier, je m'en tiendrais au mois d'avril.

Je décrivis en détail comme c'était beau à Grettisgata. La couverture brun foncé sur le lit. Les rideaux neufs à carreaux bleus et la nappe sur la table – si bien empesée et repassée que j'avais eu envie de demander à sa mère comment elle s'y prenait. Mais je m'en étais abstenue pour qu'il ne lui vînt pas à l'idée que c'était moi qui faisais la lessive à la maison – fait qui semblait être l'exception parmi les élèves de l'école du centre.

La femme était visiblement indignée de ce fardeau de lessive imposé à une enfant. Je fis une pause que je savourai.

Je lui parlai ensuite du bouquet de fleurs fraîchement cueillies dans un vase violet sur la nouvelle nappe. Je m'étais empressée d'inventer le vase à fleurs, car la réalité du pot de confiture m'avait soudain contrariée.

Maman avait un vase à fleurs ?

Oui, c'était un très joli vase violet. Pas très grand.

Alors c'est quelqu'un qui le lui aura donné après qu'on m'a retirée. Maman n'a jamais eu de vase à fleurs.

Elle l'avait à ce moment-là. Et j'ai eu des crêpes et du chocolat chaud. Votre maman était en bonne forme et elle portait sa robe du dimanche avec ses cheveux bien coiffés.

Elle portait sa robe du dimanche ?

Oui, c'était une bonne robe. Ça pouvait bien avoir été un dimanche. Il faisait particulièrement beau et il y avait plein de grives sur les cordes à linge près de la porte d'entrée et beaucoup de chants d'oiseaux et c'est ce que j'ai toujours eu tellement envie de vous dire parce que ça m'a été tellement précieux que votre maman ait été si gentille avec moi et qu'elle m'ait caressé la joue – ce qui ne se faisait jamais à Sjafnargata, c'est là que j'habite, et j'espère n'avoir pas mal agi au moins, en venant vous voir.

Pas du tout, dit la femme en souriant exactement comme Nellí aurait souri si elle avait eu des dents.

Elle ajouta : C'est une belle histoire.

Alors les mots me désertèrent dans la joie d'avoir fabriqué une belle histoire pour mon âme sœur sans que la mauvaise fin de la réalité vînt y porter ombrage en la survolant de trop près.

La femme me demanda soudain : Avez-vous entendu dire que c'est une fillette de l'école du centre qui l'aurait trouvée ?

La question me prit totalement au dépourvu, mais je parvins à dissimuler. Quiconque a été élevé à Sjafnargata devient remarquablement calé en dissimulation, même s'il n'en a pas besoin. Il n'y a rien de spécial à cacher – qui pourrait noter une réaction quelconque de votre part ?

Non, jamais.

Ça a dû être un racontar.

Les gosses de l'école du centre étaient tout le temps en train d'inventer quelque chose.

Leur grand sport était d'insulter maman. J'étais encore petite quand j'ai commencé à leur répondre à sa place. Elle ne le faisait jamais. Elle n'en était pas capable.

La femme se leva alors et sortit de la pièce. Je crus qu'elle allait à la cuisine faire chauffer la cafetière ou peut-être au petit coin, mais elle revint aussitôt, une clé à la main, et ouvrit un tiroir du bureau ciré. Elle en sortit l'écrin de soie bleu clair et le posa sur la table entre nous. Le nom brodé était exactement de la couleur bleu foncé que j'avais gardée en mémoire.

La femme me vit regarder fixement l'écrin et posa sur moi des yeux interrogateurs. Je détournai les miens et ne laissai rien paraître. Elle ne saurait jamais que j'avais vu l'écrin inachevé, qu'il y avait manqué le A de son nom, de sorte qu'elle s'appelait Dór désormais, déclinée à tous les cas, avec ou sans article, ma chère Dór.

La femme tenait l'écrin dans le creux de sa main comme s'il était vivant, un petit oiseau ou une souris.

Sa voix fut enfin altérée par l'émotion : Maman a fait cela après qu'on m'a retirée. Elle pouvait confectionner quelque chose à partir de rien. Regardez comme c'est incroyablement bien brodé.

La femme ouvrit l'écrin. Il était tapissé de velours noir. Nellí avait certainement terminé ce travail de couture avant mon arrivée car il lui restait tant de choses à faire avant le lendemain. Finir le A de Dóra et revêtir l'écrin du tissu de soie bleu clair. Il lui restait aussi à laver les assiettes et les tasses de notre goûter et à les ranger comme j'étais sûre qu'elle l'avait fait, et peut-être à récurer aussi.

La femme sortit de l'écrin une lettre qu'elle me tendit. Apparut alors une fleur de perles blanches brodée sur le velours noir du fond de la petite boîte. La longue tige à la courbe majestueuse portait deux feuilles pointues et une toute petite fleur qui penchait la tête.

Personne n'a vu cette lettre à part mes parents adoptifs, mon mari et mon psy.

Je pensai : un psychiatre, voilà ce qu'il me faudrait. Et aussi sec : attendons que Ragnhildur soit morte. J'aurais des remords à déblatérer en ville contre sa surdité pendant qu'elle est encore dans la cuisine dans la robe de chambre de Haraldur.

La femme dit : Maman était tellement méticuleuse. Elle a laissé cet écrin sur la table à côté de ma photo, avec des instructions pour qu'on me les remette, ainsi que la lettre qui était dedans, mais pas avant que j'aie eu mes treize ans. C'est ce qui a été fait.

Mon enfant,
Je sais maintenant que tu as treize ans, que tu es une belle et bonne fille et que tu sais tricoter plus qu'une petite écharpe. Tout est lumineux autour de moi quand je pense à cela.

Je remercie Dieu de m'avoir fait don de toi et je sais qu'il te gardera bien pour moi où que tu sois.

Quand tu seras encore plus grande, tu comprendras, et peut-être le comprends-tu déjà dans une certaine mesure, que la malchance est plus forte que moi, et aussi la pauvreté.

Je te demande de te rappeler plutôt les bons jours car il y en a eu aussi quelques-uns.
Ta maman qui t'aimera toujours

Je me mis à pleurer, sans retenue, avec des sons étouffés qui produisaient une sorte de ululement. J'étais assise dans le fauteuil de la femme, dans la maison de poupée, et je ne me contrôlais plus. La femme prit une serviette en papier pour que je puisse me moucher et posa la main sur mon épaule. Elle dit : Allons, allons, comme à un enfant. Elle ne semblait aucunement se formaliser de la démarche d'une inconnue venue la voir avec une idée derrière la tête; elle attendait que cela passât et me tendit une autre serviette en papier. Lorsque je cessai enfin de pleurer, elle me regarda en face de ses yeux secs et dit posément, sans changer de timbre : C'est sûr que c'est triste.

Va-t-elle mourir avec moi, l'histoire de Dór et de la visite à Dóra Tigrid dans la maison de poupée au jardin de lave et l'histoire de Nellí et moi à Grettisgata? N'est-ce pas triste? Est-ce que ça ne doit pas être triste?

Dór ne la racontera à personne que je connaisse, et encore moins à l'amoureux aux cheveux gris à qui l'histoire était destinée, avec la nouvelle fin et la lettre d'adieu dans l'écrin bleu clair. Dór ne sait pas qui est l'amoureux.

La vie s'achève donc, d'une part pour que la douleur s'abolisse dans la mort et d'autre part pour épargner à l'être cher les dernières nouvelles de la douleur. Ainsi il est mis fin à un double travail considérable.

Cette histoire et la grande crise de larmes dans le fauteuil où je m'étais assise avant d'y être invitée t'auraient causé de la souffrance parce que je suis chère à ton cœur. Plus qu'à aucun autre.

Toi qui m'avais aidée à bricoler une péniche tenant l'eau, à partir de radeaux sur lesquels j'avais navigué par des chenaux presque à sec – de toute éternité tu n'entendras jamais parler de ma galère pendant tout ce temps-là ; s'éloigner du rivage, maintenir le radeau à flot, trouver un autre rafiot quand le premier a coulé à pic après avoir mariné dans le bouillon avec, au gouvernail, moi qui ne connaissais rien à la navigation.

Et je n'en saurai pas davantage sur la signora Lukasson ni sur ta vie étrangère avec fresques et pesto, je ne saurai jamais rien de vos amours italiennes. Non que mon cœur cherche à savoir, mais la tête n'est pas au-dessus de toute curiosité.

J'étais l'enfant de l'ombre qui devait enfin voir la lumière du jour en racontant l'histoire à un homme bien-aimé aux cheveux gris, en amenant à la surface l'enfant avec les jours de ménage des chambres et tout le bazar, avec la nouvelle fin d'hier. Il n'en sera rien. Je ne verrai jamais le jour. Et je ne pourrai pas choisir mon épitaphe.

ICI NE REPOSE AUCUN CHEVAL SOLEIL

Non, ils concocteront bien quelque chose ensemble, Ragnhildur et Mummi, quelque chose d'inapproprié à souhait. Du genre :

REPOSE EN PAIX

Si la chose pouvait seulement être aussi simple et paisible qu'il s'agît de paix ou de repos.

Le verdict a été rendu, sans appel. Jugement dans une affaire où il ne s'était rien passé. Pas même condamnation à mort. Condamnation à vie.

La vie serait donc faite de ce qui ne s'est jamais passé.
(Même pas possible d'oublier, si ça n'a jamais eu lieu.)
Vie faite de rien. Ou de moins que rien.
Une bonne chose qu'elle ne l'ait pas su avant. Ça n'aurait pas été vivable.

S'en aller de rien pour aller à rien. En attendant l'ultime douleur.
Non pas venue de la poussière pour retourner à la poussière, mais venue de rien pour redevenir rien.
De rien tu es venu, à rien tu retourneras.

Pas de préparation à son heure dernière.
Pas le temps de regarder l'éclipse de soleil.

(Celui qui sait qu'il va mourir sous peu, mais qui garde quand même l'espoir de voir la prochaine éclipse, a raison de commander une voiture pour se rendre au point de vue le plus favorable pour cet événement. Car les éclipses sont sans aucun doute ce qui permet d'approcher la mort au plus près. C'est là que la bête se tait, la vache comme l'oiseau, et une immense chape de glace s'abat sur le pays et sur tout ce qui s'y trouve.

Et c'est justement le double insigne de la mort : le froid et le silence.)

Pas de préparation. Impossible de dire adieu
à l'amoureux aux cheveux gris à portée de la main.
À Unnur et à Ása. Il faudra qu'elles se débrouillent. Filles sans adieu.
À cause d'elles, cette sentence n'aurait pas dû tomber. À cause de Mummi non plus. Pas comme ça. Pas maintenant.
(À cause de Ragnhildur ?)
La date et l'heure comptaient, parce que le temps existait. On pouvait dire de l'heure qu'elle était. Seulement la vie n'était pas faite de temps. La vie était le temps. Le temps n'était pas la vie, et ça, c'était une autre histoire.

Elle ne pouvait faire autrement que s'apitoyer sur elle-même. Ce n'était pas juste.

Mais il n'a jamais été question de justice, comme disait quelque monstre.
Personne ne lui avait promis l'équité.
Elle n'y pouvait rien, mais il lui en cuisait.
Comme il lui restait peu de route à faire. On voyait le toit – bleu clair – du chalet que la mère de l'amoureux avait baptisé Le Versant du bonheur.

❧

Elle enveloppa de phrases l'essentiel.

CE FUT EN VAIN
DOUBLE TRAVAIL AVEC PÉCHÉ CAPITAL
COMME LES EXEMPLES LE PROUVENT
S'il y avait eu quelque délai de grâce, elle aurait allongé son discours. Trouvé plus d'essentiel. Peut-être.

Se trouver confrontée au fait accompli.
Nul ne comprend le fait accompli avant d'y arriver.
Fait accompli.
On était maintenant arrivé à ce fait. Il était accompli.
Savoir si c'était malheureux.
C'était bien la question.
Oui, c'était trop tôt.
Et alors ?
Cette heure-là n'arrivait-elle pas toujours mal à propos ?
N'était-ce pas sa pensée à elle que l'heure arrivait toujours mal à propos ?

Tellement mal à propos qu'elle n'aurait même pas le temps de s'apitoyer sur elle-même à loisir. Elle serait partie, telle quelle, avant de pouvoir sentir le goût de sang tiède de l'attendrissement sur soi-même. Elle déplorait surtout de devoir absolument mourir, du fait qu'elle était née, et ce juste au moment où le toit bleu clair apparaissait enfin. Le glacier resplendissant de toute sa beauté sous un ciel sans nuages, visible précisément de ce point de la route. Le décor du bout de la route jubilant presque de sa splendeur.

C'est vrai, glacier, tu continueras d'exister. Mais peut-être pas pour toujours. C'est qu'ils se sont mis à fondre si brusquement.

Même pas possible de compter sur ce glacier pour lui survivre tant que la terre tournera. Du reste, piètre consolation !

Mon amour d'il était une fois, un nouveau temps est arrivé. Voilà ce qu'elle lui avait dit et répété maintes et maintes fois par la pensée, après avoir failli écraser son ombre sur le Sentier de l'Hôpital.

Des temps nouveaux, mon amour, c'était vrai. Mais elle ne serait dans ces temps-là que disparue en eux.

Les saisons seront deux ou trois…
et ce sera la nouvelle saison…

mais peu m'importe à moi…
car je t'aime de toute façon.

Passent passent les années
comme nuages pressés
les saisons seront deux ou trois
et ce sera la nouvelle saison

mais peu m'importe à moi…
… car je t'aime de toute…

Elle avait participé à cinq cents agonies. Au Rigshospitalet de Copenhague, à l'Hôpital national d'Islande. Elle avait fait en sorte que tout se passât le mieux possible, focalisant son attention sur le mourant.

Elle s'était souvent demandé comment elle s'y prendrait elle-même lorsque son tour viendrait. Il ne lui était jamais venu à l'idée qu'elle serait privée de la mort. Qu'il lui serait refusé de pouvoir mourir comme tout le monde, sur un quelconque lit de malade. Avec une préparation adéquate. Pas dans un fossé. Il lui était arrivé de dire, comme ça, avec dérision : *mourir dans un fossé…*

Unnur et Ása n'auraient pas à se résigner à ce que leur maman dût mourir parce qu'elle était trop malade ou trop vieille ou trop quelque chose pour vivre plus longtemps. Elles n'auraient pas la consolation de penser qu'il valait mieux pour leur mère pouvoir « s'en aller ».

Un corps squelettique, paralysé par les traitements et les opérations et une agonie à répétition, voilà ce qu'elle avait redouté et qui l'avait angoissée. Elle savait pourtant comment se passait une agonie et comment on s'en occupait. À présent, elle ne pouvait tirer parti de rien de ce qu'elle avait appris sur le sujet de mourir. La spécialiste elle-même, délestée de son agonie. Moche. Moche.

Moche aussi pour Unnur et Ása. Elles étaient à l'âge où la maman n'est pas encore devenue une personne à part entière, où elle n'est encore que maman... jusqu'au moment où elles apprendraient la nouvelle. Désormais leur vie tournerait trop autour d'elle. Lorsqu'elles auraient des enfants, elles déploreraient le fait que « Mamie » ne puisse les voir. Les enfants, eux, s'en contreficheraient évidemment.

Quand les enfants grandiraient, Unnur et Ása leur montreraient des photos de leur grand-mère et leur diraient qu'elle avait été la meilleure maman du monde, de même qu'une infirmière absolument hors pair. Et une petite larme tomberait sur la photo de « Mamie » qui n'existait pas, mais qui avait existé. Tout ceci serait plutôt embêtant pour les petits-enfants-sans-grand-mère mais ils écouteraient poliment le laïus des adultes comme font les enfants.

C'était un peu honteux aussi de s'en aller de cette façon. Ce n'était pas comme prévu. La dernière heure au mauvais moment, la mocheté en plein. Accident. Sang et fractures. Elle ne ferait pas un cadavre exquis, d'âge mûr, ni un cadavre cancéreux honnêtement creusé, elle ferait un cadavre malmené. Le visage avait été épargné, Dieu merci. Mais pas les mains. Ce serait impossible de les exposer aux regards lors de la mise en bière. Il faudrait les cacher sous le linceul.

Unnur et Ása auraient à coltiner le fardeau d'ignorer si elle avait eu mal, si elle avait su que c'était la fin, si elle avait horriblement souffert.

Elle n'avait pas encore commencé d'avoir mal et en était surprise. Même le témoin de cinq cents agonies, et parfois leur maître d'œuvre, ne pouvait savoir comment serait le coup, où il conduirait, ni où il finirait. Même s'il lui était venu à l'idée que la mort la buterait d'un seul coup justement, au lieu de la remplir de tumeurs et d'adhérences, elle n'aurait pas pu se préparer à l'encaisser.

Peut-être échapperait-elle à l'ultime douleur. Peut-être celle-ci lui serait-elle épargnée. Peut-être aurait-elle la chance de voir son cerveau se déconnecter avant que les messages ne lui parviennent, annonçant une douleur telle qu'aucune autre n'existe plus après celle-là. Ce cerveau qui s'était efforcé de penser dans les moindres détails comment présider au mieux et le plus soigneusement possible à la mort des autres.

Une chose était sûre, c'est que la miséricorde des analgésiques lui était refusée. Miséricorde qu'elle avait accordée à cinq cents moribonds. Elle en était particulièrement ulcérée.

Elle n'avait pas beaucoup plus de vingt ans lorsqu'elle avait commencé à suivre la mort des gens. Témoin de cinq cents agonies. Tout ce tintouin autour des derniers moments aurait dû lui servir de manuel maintenant qu'elle en était arrivée au même point, mais ça ne marchait pas comme ça.

Elle était comme n'importe quelle débutante. Tout la prenait au dépourvu dans l'agonie, le temps et sa nature et comment cela se passait à l'intérieur du corps.

Aucun événement majeur de la vie ne se déroule comme on se l'était imaginé. Mettre au monde un enfant, voir un parent mourir, mourir soi-même.

Elle se consolait à l'aide d'un truc dont elle savait qu'il n'était pas vrai, mais elle s'y cramponnait tandis que la vie s'écoulait d'elle à flots. (Elle ne savait pas d'où venait tout ce sang et l'eût-elle su, ses mains n'auraient pu bouger pour tenter de l'arrêter.)

Elle se disait qu'elle quittait maintenant le pays des vivants pour entrer dans celui des morts. Qu'elle pourrait continuer d'exister auprès des morts récents et des morts de longue date à qui elle avait fait du bien en se montrant inconditionnellement chaleureuse jusqu'à la fin. Peut-être près de Haraldur, d'une certaine façon.

CENT ET QUELQUES PENSÉES, pour et contre, quand l'heure est venue.

Celui qui est mort n'a pas besoin de faire les courses.
Il est également dispensé de faire la cuisine
et, qui plus est, il n'écoute pas les infos.

Il n'a pas besoin d'écouter les nouvelles de viols
ni d'accidents d'avion
non plus que des dernières trouvailles du gouvernement
ni la façon dont on les présente et les justifie.

Insulte à la pensée humaine.

Et surtout il échappe aux nouvelles épouvantables d'enfants, d'enfants en particulier, d'enfants en général sur les tas d'ordures du monde. Sous la responsabilité des grands affligés de cécité morale. Privilège de pouvoir échapper à ces calamités dans la mort.

En revanche, je regretterai les chers bulletins de la météo. Plus doux à l'oreille que n'importe quelle messe, positivement débordants de consolation.

Bons pour accompagner la mort en sourdine, si on y avait droit.

Bien mieux que la musique, fût-ce du Bach.

Aucune musique, aucun OMM ni bruissement de forêt vierge, vent dans les bambous, dans les bouleaux, ne pourrait surpasser : *Gjögur, vent de sud-est de force 7. Dalatangi, nuageux, visibilité 3 km, Nautabú, …*

Le mieux serait pourtant de mourir dans des mots plus douillets tels que *nappe de brouillard,* mais au bout du chemin on ne vous offrait même pas la moindre écharpe de brume.

Si seulement la musique avait été de circonstance. Mais non, la radio nationale baignait dans la salsa quand le choc se produisit.

Ainsi on mourait au moins en pleine joie de vivre.

Par un glorieux matin de mai où personne n'était sur pied sauf celui qui l'a percutée. Ou bien était-elle rentrée dans le parapet d'un pont ? Pas dans un réverbère en tout cas, – au milieu de la campagne. C'était peut-être un piquet de clôture qui l'avait achevée.

Comme il était court, le moment où elle avait pu jouir de cet avant-goût de bonheur du jour. On reconnaissait bien là les caprices du temps et la longueur de la vie qui semblait interminable au grenier, vue par la petite fenêtre en losange, la joue contre la joue du petit frère. Et puis le choc.

❧

Celui qui est mort a la chance de n'avoir plus à sauter sur ses pieds pour se faire porter par eux, ou soutenir un malade à la garde du matin.

Plus besoin, après le sommeil, de remettre en marche la machine, qui grippera et fera obstruction bien avant l'âge.

Si celui qui est mort habitait l'Islande, il échappe aussi à l'obligation de se lever quand il fait nuit noire la moitié de l'année. De boire du café noir en versant des larmes sur les nécrologies à la mémoire de petits enfants avant le début de sa journée de travail.

❧

Celui qui est mort a la chance de n'avoir plus à écouter de conneries ni de ragots,
des tissus de mensonges, d'affabulations de mythomanes
sans être vraisemblablement en mesure de dire le fond de sa pensée.

À cet égard, heureux celui qui est mort.

Celui qui est mort n'est pas seulement mort, il a commencé à perdre l'ouïe. On peut, en fait, lui dire ou dire à son sujet n'importe quoi. Même s'il entendait, il s'en ficherait éperdument, au sein de la noble sérénité qui est désormais la sienne.

Celui qui est mort n'est pas seulement invulnérable, il est également pathétique. Surtout d'avoir été et de n'être plus. Situation bénie, et pourtant d'un abandon à faire pleurer.

Les avantages liés à la vie
peuvent aussi être multiples pour les gens qui savent les utiliser. On peut téléphoner à ses amis le matin et rire pour des bêtises, ou bien carrément aller chez eux prendre le café du petit déjeuner et rire pour des bêtises.

Le rire est, en revanche, d'un réconfort éphémère.

Et cela vaut pour la plupart, sinon toutes les choses de la vie, ce qui est un bien. Que ce soit éphémère.

Un des avantages de la vie est la promenade solitaire. Dans un quartier pauvre de la ville, la fumée des cheminées d'usines, la vie des gens de la rue, pas forcément belle, mais les yeux sont occupés, contents, et les deux jambes leur font voir du pays.

Un autre avantage de la vie est la promenade dans la nature, avec quelqu'un. Les sujets d'étonnement petits et grands dont on peut parler à son compagnon de route – même si le ciel est bas et ne présage rien de bon.

C'est un avantage de la vie que d'avoir, peut-être, un enfant. Un tendre être humain qui s'est fait tout seul. Version améliorée du père et de la mère, inexplicable consolation de la vieillesse, si elle arrive, à tout âge.

Un avantage de n'être pas mort est de pouvoir profiter du soleil. Pas besoin d'avoir le soleil en face, il peut éclairer la montagne proche ou être vu par la fenêtre de la maison ou de la voiture. Pendant que le soleil brille, on est là pour quelque chose, que ce soit sur un terrain nu, dans la bourrasque ou en plein marais.

Béni soit le soleil aussi sur la plage où viennent mourir les vaguelettes, où il y a peu de monde et où le peu qu'il y a pêche sur les hauts fonds de gros poissons que les enfants, en attente pieds nus sur la grève, vont aider à vider.

La vie est plutôt bonne dans la mesure où elle continue pendant qu'elle continue. Le cœur bat avec zèle, les yeux continuent de voir ce qui se présente, et puis il y a l'espoir qui refuse de mourir avant que le cœur vaillant ait cessé tout à fait de battre, et cela vaut pour toute forme d'espoir, quel que soit son nom, chimères ou illusions.

À propos du cœur, ce muscle brave et tenace, c'est un avantage pour la personne de disposer d'un tel organe. Il ne se laisse pas abattre, ce cœur-là, quoi qu'on puisse lui infliger, et supporte même la torture. Quand cela arrive, il accélère ou bien il saute quelques battements, selon les cas – mais continue de cogner –, et donne par là même un exemple admirable sans servir, malgré tout, à grand-chose.

Ses yeux se voilaient. Ils avaient distingué le glacier et d'autres repères qu'elle savait nommer et elle fut reconnaissante, pendant qu'elle voyait encore, de se trouver au moins dans ce paysage cher à son cœur. Les montagnes de maintes sorties en voiture, en particulier avec sa petite Unnur du temps de Skipasund, furent la dernière chose qu'elle vit au-delà de ses doigts sur le volant. Les doigts sanglants d'une main brisée qui avait caressé des centaines de mains moribondes dans deux pays.

La mort n'est pas aussi poétique qu'on le dit.

On parle parfois d'un tunnel et de la lumière qui est au bout, selon les dires de gens morts à demi.

Je savais que c'était une fable destinée à réconforter les malchanceux qui allaient se retrouver dans le « tunnel ».

Ce tunnel n'est bien entendu qu'un cul-de-sac comme je m'en doutais. Il n'y a pas de lumière.

Au-delà, c'est le non-pays, dont nul ne revient, comme l'a dit, en d'autres termes, le poète

… et bien sûr, c'est invivable là-bas, comme ça va de soi dans un non-pays.

La dernière chose qu'elle perçut fut l'odeur du parfum qu'Unnur lui avait donné en cadeau de Noël. Le flacon s'était brisé sous le choc et l'arôme s'était répandu pour la suivre dans le cul-de-sac. Il n'y avait pas de lumière comme elle l'avait craint, c'était le noir absolu ; pas de pénombre tiède comme elle l'avait espéré, mais une obscurité glaciale.

Elle dit le nom de sa fille, mais ne s'entendit pas le prononcer : *Unnur.*

Elle ne savait plus trop de quel côté orienter le dernier bout de sa pensée dans la vie. Elle mit si longtemps à se décider que sa dernière pensée se dissolut presque dans cette décision.

Il y avait en elle de la jubilation d'avoir attrapé sa dernière pensée après l'avoir décidée ; d'avoir préféré Unnur à l'homme aux cheveux gris qui était revenu et qui attendait avec des caresses et du café dans la maison toute proche, appelée, qui plus est, Versant du bonheur, en même temps qu'elle avait un peu honte de ne pas lui être parfaitement fidèle, après toute la fidélité passée, et juste à ce moment-là.

Ses yeux étaient ouverts, elle le savait, mais elle ne voyait plus. C'était une victoire que de pouvoir penser au-delà de la cécité de la mort. Une sorte de victoire d'étape sur la mort. Et bien plus que ce qu'il était possible de s'imaginer à propos de la vie : qu'on pût y remporter des victoires d'étape, voire la victoire finale. La vie était faite de défaites espacées d'oubli. Et maintenant c'était l'oubli lui-même qui serait oublié.

Elle était sûre, au moment où jaillit le flash de sa dernière pensée, d'envoyer à Unnur un rayon de bonheur et une aile protectrice au-dessus de son sommeil dans le lit neuf au troisième étage du boulevard de Marbakka, et elle la pria de vivre et d'aller loin, très loin. Bien plus avant que sa maman. À ces mots, un sourire passa sur son visage, sourire si ténu que personne ne l'aurait compris sauf celui qui connaissait son visage par cœur.

Il lui serait resté très peu à parcourir pour arriver à la maison d'été au toit bleu ciel, près de la cascade. Il n'est pas certain qu'elle ait pris garde aux gravillons comme elle aurait dû le faire, selon les instructions de l'itinéraire qu'elle avait recopié à sa façon et qui reposait près d'elle sur le siège du passager.

L'homme aux cheveux gris qui était revenu en Islande pour de bon descendit jusqu'à la route après avoir perçu comme l'écho d'un choc. Il avait déjà préparé le café du matin au chalet, tout heureux de ce que les prévisions de la météo se fussent révélées justes, pas un nuage au ciel.

La portière de la voiture était ouverte de son côté. Il se pencha directement sur le sourire qui survivait et y déposa un baiser.

Une nièce de vingt ans qui se rendit chez lui, rue de l'École, après sa mort – après qu'une crise cardiaque eut terrassé cet homme, mince et encore jeune –, recueillit deux feuilles de papier sur son bureau et s'en étonna. Elle vit que c'était une sorte d'itinéraire pour se rendre à son chalet d'été, écrit par une main inconnue, fine, féminine vraisemblablement. La cousine était perspicace et sentimentale comme le sont les jeunes et, devinant que ces feuilles avaient pesé lourd dans la vie de son oncle, elle les glissa dans le cercueil sans demander rien à personne. Elle avait eu d'abord l'intention de les photocopier ou même de les recopier mais, écoutant une voix intérieure qui y était opposée, elle n'en fit rien.

ITINÉRAIRE pour aller au chalet d'été au toit bleu ciel, après la cascade de Gluggafoss.

Il n'y aura pas un nuage au ciel, pas un seul selon les prévisions, mon amie d'antan, quand tu parcourras, au volant de ta Mazda sport, les terres de nos aïeux du côté de Fljótshlíd. Tu y es sans doute allée auparavant, mais peut-être pas jusqu'à mon chalet, tout au bout, à l'est.

Je l'ai conservé tout le temps où j'ai vécu à l'étranger mais n'y suis allé que très rarement. Il est resté en bon état malgré tout car des parents à moi se sont chargés de l'entretenir. Ils pouvaient l'utiliser en échange. Bon, mais c'était une digression.

Jette un coup d'œil à l'église de Breidabólsstad mais prends garde aux gravillons. C'est une des trois églises du pays de ce modèle, arrondi, et le beau terrain tout autour convient bien aux tombes. C'est là que ma grand-mère est enterrée, non loin de Tómas et avec vue sur le glacier d'Eyjafjöll, tel que l'a peint Ásgrimur par exemple – le glacier sur lequel Halldor Laxness lui-même est monté –, ce qui a eu pour résultat la dernière marche du poète dans Lumière du monde, *avec la conclusion : que seule régnera la beauté.*

Vue de la lucarne du toit de ma maison, c'est la montagne magique de l'Islande, d'un aspect plus cru et plus limité que vue de Breidabólsstad. Mais pas moins intéressante, comme tu verras.

La route vers l'est longe les espaces mystérieux des monts Thríhyrning qu'on aperçoit par moments et dont les fermiers de la saga de Njáll faisaient le tour au galop avec force meurtres et embuscades. Fais attention aux gravillons et aux accotements non stabilisés.

Tu dépasses la ferme de Kirkjulækjarkot où les pentecôtistes annoncent, selon le Livre saint, des grincements de dents en enfer, et les enfants de la colonie de vacances les écoutent en claquant des dents. Je suis passé par là.

Je prédis que, tout comme le héros de la saga, tu trouveras beau le versant de la colline, dorée par la belle saison, et j'espère qu'elle deviendra pour toi aussi une sorte de Hlídarendi où tu reviendras toujours.

Au niveau de la cascade de Gluggafoss et du petit bois, tu seras presque arrivée. Le nom Versant du bonheur est inscrit sur le portail

– c'est ma mère qui l'a voulu. C'est un portail bleu clair comme le toit du chalet, que tu distingueras justement à travers le bosquet entourant les deux chalets voisins. Mes parents n'ont pas planté d'arbres, mais nous sommes à l'abri de ceux qui ont été plantés par d'autres.

Seuls au monde, noyés dans le paysage masqué par le bouleau, sans une seule maison ni être humain en vue, nous verrons les oiseaux de mai, nous entendrons le clapotis de l'eau sur fond de murmure du ruisseau, en buvant le café du matin, et les prévisions de la météo se révéleront justes, pas un nuage au ciel.

Achevé d'imprimer
sur Roto-Page
par l'Imprimerie Floch
à Mayenne, en août 2008.
Dépôt légal : octobre 2008.
Numéro d'imprimeur : 71596.

Imprimé en France